近所の犬

姫野カオルコ

幻冬舎文庫

近所の犬

章扉絵：村尾亘

目次

007 はじめに

013 モコ
（ウェルシュ・コーギー）

031 マッカラン
（洋犬雑種）

043 小雪
（ピレニアン・マウンテンドッグ）

061 拓郎
（スピッツ）

089 シャア
（三毛猫）

115 グレースとミー
（ゴールデン・レトリバーと
サバトラ白猫）

145 マロン
（雑種）

157 ロボ
（シベリアン・ハスキー）

187 ラニ
（黒ラブラドール・レトリバー）

231 ロボ、ふたたび
（シベリアン・ハスキー）

252 解説に代えての文庫版あとがき
──巻末から先に読む方のために──

はじめに

8歳以下の幼児のころ、なにかというと京都動物園に行かされた。

初回はともかく、二回目からはさほど行きたくなかった。いや、ほとんど行きたくなかった。なので、行かされるという気がした。

なぜ、ほとんど行きたくなかったのだろう。

ふりかえって考えてみるに……。

いやだった理由第3位。バスガイドさんが、近江《おうみ》富士（三上山《みかみやま》）の近くでは俵藤太《たわらとうだ》の話を、五条大橋の近くでは牛若丸の話をする。8歳以下の幼児は、トランプの「神経衰弱」をさせればわかるように、なんでも一度でおぼえてしまうから、バスガイドさんのはなしは二回目から「もう知ってるもん」な話になる。その上、その話が、大ムカデを退治しただとか欄干をとびまわっただとか、白髪三千丈な冒険ファンタジーもので、これがどうも個人的に嗜好《しこう》に合わなかった（幼児期には）。

　理由第2位。バスがいやだった。現在も乗り物酔いをすることがたまにあるが、幼児のころはもっとした。バケツを持ってきてもらって吐くまでにはいたらず、胸がムカムカして、頭や目がぐらぐらするのがずっとつづく。動物園につくと、動物の臭《にお》い（動物の糞尿《ふんにょう》の臭い）で、さらにムカムカぐらぐらするので、それが苦手だった。

　いよいよ理由第1位。なんといっても動物園自体がそんなにおもしろくなかった。幼児に動物園はおもしろい場所だろうか？　ほんとなのか？　おもしろいとされているから疑ったことがないだけではないのか？　各々の嗜好の差は当然あろうが、幼児期には、男児なら車や電車の模型がずらずら展示されているところとか、女児なら人形が展示されているところとか、そんな場所のほうをおもしろくかんじるのではないのか。

　車や電車の模型をいじったり、人形の髪をとかしたり装いをさせたりするのは、幼児からすると、大人社会のミニチュアだ。大人を疑似体験している。それに比して動物は、むしろ子供をデフォルメしたようなものだから、0歳〜3歳の目はひいても、4歳〜8歳の子供にはつまらないような気がするのだが。

動物をただ見ているのは、大人のほうがたのしいのではないか。動物園の客はライオンや象とふれあうわけではない。ましてや飼うわけでもない。檻《おり》のこちらから（堀のこちらから）ただじーっと見ているだけだ。こんな行動をおもしろく感じるのは、自己の内に客観性を備えた年齢になってからではないだろうか。

じっさい大人になってから動物園に行くと頗《すこぶ》るおもしろい。旭山動物園へは五〇歳を過ぎて行ったが、開園から閉園までずーっと狼の檻の前にいて、すこしも退屈しなかった。

＊

おしめ取れたての幼いころ、私は、たゑというおばあさんを知っていた。たゑさんの家に預けられていたのだ。たゑさんは、櫻子《さくらこ》さんというおばあさんと仲がよかった。この人は向かいの家に住んでいた。

四歳にも満たない私の目には、たゑの「ゑ」、櫻子の「櫻」という漢字が、どちらも模様に映った。だから今でも二人の名前をおぼえている。

櫻子ばあさんは手先の器用な人で、私に藁《わら》人形をくれた。憎い人を呪詛《じゅそ》せよとくれたわけではない。外遊び用に、汚れてもかまわぬよう、藁で簡単な人形（ひとかた）を作り、それに余り布で簡単な洋服を着せたもの。

たゑばあさんの家の庭には南天があり、櫻子ばあさんの家の庭には藤棚があり、そしてどちらの家にも庭に面した縁側があった。

双方の家は丸い小さな空き地で隔てられており、そこで私は鞠《まり》やなわとびや藁人形で遊び、飽きると木戸から庭に入って、南天や藤棚の陰に隠れて、もうあと二人の子供とかくれんぼをした。もうあと二人の子供は空想の子である。じっさいにはいない。

たゑと櫻子の二婆《にばあ》が縁側に並んですわり、庭の植物をながめているのを、かくれんぼ中の私はよく見た。

二人とも灰色っぽい着物を着て、二人とも着物と同系色の灰色っぽい割烹着を着て、しゃべるでもなく、茶を飲みながら、ただ庭をながめていた。そんなことをしていておもしろいのかと、私は問うたことがある。

二人は声をあげて笑った。そして答えた。ええおもしろいと。あんたも大きいなったらわかるがなと。

私には、「大きいなったら」とは「小学校一年になったら」ということだと思えた。二十歳、三十歳など、天国のように遠かった。

だから、たゑと櫻子を八〇歳だと見ていた。

しかし、きっと彼女たちはそのとき、せいぜい五十三、四歳だったにちがいない。なんとなれば、彼女たちの夫君は毎朝、出勤していたのだから。

今、たゑと櫻子の世代になった私は、彼女たちが嘘をついていなかったことを実感する。天気のよい日などに、ただ草木を見ているのは、おもしろい。

おなじように、近所の犬を見ているのは実におもしろいのである。

さて、世の中には「自伝的要素の強い小説」とか「私小説」とかいう分類用語がある。どうちがうのか。事実の占める度合いであろう。それとカメラ（視点）の位置。「私小説」のほうが、事実度が大きく、カメラ位置も語り手の目に固定されている。よって読み手にすれば、「私小説」は随筆《エッセイ》を読むスタンスでページを進めてゆける。

ちなみに前作『昭和の犬』は自伝的要素の強い小説、『近所の犬』は私小説である。この「はじめに」も含めて。

モコ

ウェルシュ・コーギー

私の家はおんぼろだ。

築44年。床はガタガタ、配管はサビサビ、壁はベロベロ、雨の日は窓から雨がドボドボ。大阪万博以前の漫画なら確実にツギハギを入れて描かれる。

私の向かいの家は豪邸だ。

駐車場に車3台。夏場にはガーデンテラスでパーティがおこなわれているのが、私の部屋の、雨浸しで開け閉め不自由な窓から、ちら見える。毎朝、黒塗りの車が邸宅前にとまっていて、運転手さんが外で御主人を待っているのも。

おんぼろな私の家では犬猫は飼えない。「私の家」と言っているが、たんに「住んでいるところ」という意味で「家」という語を用いている。一戸建てのオーナーなわけではない。オーナーは、表札上は鶴田かめという目出たいお名前の御婦人。鶴田さんの、44年前に竣工相成った私邸を、賃貸住宅に改装した建物に住んでいるのである。入居時にもらった、手書き文字コピーの、ホチキス止めの「きまり」には、「金魚は飼ってもよい。他の動物は静かなら相談に応ず」とかなんとか、場合によっては飼えなくもないふうに書いてはあるが、私は飼えない。

大都市で犬猫を飼うには、ただ好きなだけではなく、必要な条件がいくつかあると、私が、思うのである。たとえば、

①協力してくれる家族がいること。家族がいなければ専門業者を雇える経済力があること。

②車ならびに運転免許を持っていること。持っていなければ持っているのと同じことができる経済力があること（＝犬が存分に走り回れる広い場所に連れていってやれること）。

③住まいがあるていど広いか、広くない場合は、つねに整理整頓されていること（＝「この部屋には入ってはいけない」「食品を扱うキッチンの調理台にはのぼっちゃだめ」「この棚には大事な原稿や書類や本が入ってるからさわるな」「この椅子はおばあちゃんの形見だから爪を研ぐな」「この紐はスイッチ内蔵の電化製品だからおしっこ

をするんじゃないぞ」等々を、ちゃんと犬猫が理解できる室内環境であること）。など。ことに③の条件は、満たしていないと、飼い主のみならず、飼われている犬猫にもストレスがたまる。室内で犬猫と共同生活をするさいの基本的なルールを、犬猫にビシッと理解させてしつけるのは、けっこう難しい。フランク・イン※さんでもない私は『①協力者』が要ると思うのだ。

かれら（飼い犬猫）に理解させるには、「ここがおまえの領域《テリトリー》なんだよ」と、はっきり示してやることが必要である。

あるていどの広い住宅ならば、整理整頓がおおまかでも示せるかもしれない。だが、さほど広くない場合は、常に整理整頓と清掃を怠らぬことで、犬猫域と飼い主域（人間域）を明確にする必要がある。犬猫はたしかに情感豊かだが、「あら、この書類は重要そうだわ、噛まないようにしなくちゃ」といったようなことまではわからない。人間と同じＩＱではない。だから彼我それぞれの領域を明確にしておく。と、飼い主もラク、犬猫もラク。侵害されない自分の領域を感じることができると情緒が安定するため双方ラクである。また、飼い主が主人、自分は飼い犬猫なのだとかれらがポジショニングできる。このポジショニングは、躾《しつけ》の基礎であり、散歩もラクになるし、

フランク・イン　映画『ベンジー』シリーズのすべての犬の育ての親。ハリウッド随一の調教師

かれをつれての旅行もラクになる。

『結婚は人生の墓場か？』という小説に、小型犬を買って、まったく躾をせず、オムツをはかせて室内飼いしているマダムと娘が出てくる。拳骨《げんこつ》で頭をたたきたいくらいムカつく。犬や猫を、ぬいぐるみとしか認識できない不届き者らは、やなせたかし作詞『手のひらを太陽に』のふしで、うたってほしい。

♪かれらはみんな生きている。生きているから動くんだ♪

かれらは命ある動物なのである。食べるし、おしっこしてうんこして、動物次元での感情があるのである。そうした動物と人間が、密集した都市の住居でひとつ屋根の下で暮らすのだから、当然、食事や衛生面ケアなどいくつかのコーディネイトが必要なわけで、それにともなう経済的負担を引き受けなければならない。ありていに言えば都会で犬猫を飼うにはそれ相応の収入も要るということである。

①②③以外にも条件はあるだろうが、この基本的3条件を私は満たしていない。そんな私が、「かわいー」とか「好きー」とかいうだけで、無責任に犬猫を所有すべきではないと思うのである。

そこで「借飼《しゃくし》」を専《もっぱ》らとしているのである。

「借飼」はもちろん造語だ。「借景」ということばがあるだろう？　家から見える向こうの山や樹木を拝借した庭づくり。「借景」ならぬ「借飼」なわけである。して、向かいの豪邸では、犬を飼っておられる。

この豪邸にお住まいの御一家は、犬を飼う条件を満たしに満たしておられる。

敷地面積がまず条件③を満たしている。パパ・ママ・上のお兄様・下のお兄様・お嬢様でお住まいだから、①もばっちり満たしている。ガレージに車が3台あり、仕事用の迎車と通いの運転手さんもいる。②も満たしすぎているほどだ。

私はなにもヒッチコックの映画『裏窓』の主人公のように、望遠鏡でこの豪邸をストークしているわけではない。向かいにあるから、毎朝毎昼毎夜どうしたって、自然とすれちがう。自然と垣間見える。大家の鶴田さんから話も聞く。こうして十年以上かけてわかったことを、手短にまとめて言っている。

＊

2013年現在、上のお兄様は30歳くらいであろうか。よって、パパである豪邸の御主人様は60代だと思われる。

「くらいであろうか」とか「思われる」とか曖昧な表現なのは、十年以上、向かいに住んでいながら、よく見たことはないからだ。

御令室、御子息、御息女のすがたを、彼らが車を駐車場に入れたり、鉄門についている暗証ボタンを押しているときに、チラッと見かけることがある。チラッなので、どこか別の場所（スーパーとか、別の町とか）で見かけても、「あっ、向かいの豪邸の人だ」とはわからない。

御主人にいたっては、つい最近まで見たことがなかった。つい最近、どアップですれちがったものの、それまでは、私が把握しているのは、住み込みのお手伝いさんだけであった。毎日、犬を散歩させているからだ。

道を歩いていて、このお手伝いさんに遭遇した私は、はじめは犬に目をとめた。人・車ともに少ない道であったので、「借飼」にあたっての「犬取材」をするには都合のよいシチュエーションであった。だが、声をかけはしなかった。

純血種らしきその犬を連れている人が、「どこの奥方様であらせられましょう」という雰囲気の御婦人であったので、気後れして話しかけられなかった。

年のころは62〜65歳。髪はシルバーグレーと黒の半々。だが、毛量が多く、しっかりした毛質なので、もっと若いのかもしれない。毛量が多く太い髪質の人は若いころから白髪になる傾向がある。背筋がすっとのび、目が大きく、口紅をひいた口許《くちもと》がひきしまって、知的な風貌の御婦人だ。

すぐ前を、私が家へもどるのと同じ方向に歩いていかれるので、自然と、彼女＋犬のあとを私がついていくかたちとなった。

すると豪邸の門の前で、暗証番号ボタンを押して中に。

「ははあ、あれが、このお屋敷の奥さまか……」

と、ずいぶん長いあいだ思っていた。

奥さまではなくお手伝いさんだったわけだが、どうも掃き掃除や拭き掃除をしているのが似合わない。奥さまでないとしたら、戦前に華族のお屋敷に住み込んで御子息御息女のお勉強係をした家庭教師みたいなヴィジュアルの婦人である。

このミズ家庭教師風が毎日、散歩させている犬は——ミズ家庭教師風に散歩させられていて、こんな豪邸に飼われているのだから、たんに「犬」と呼ぶより「御息犬(ごそくけん)」と呼んでやろう——、この御息犬はウェルシュ・コーギー・ペンブロークである。被毛は白・茶のツートンである。

エリザベス二世（現イギリス女王）がかわいがっていたという記事を読んだことがある。日本の都市部でも、狭い住宅事情のせいか近年人気の犬種なのだが、私はこの犬種を見ると、自分の肘《ひじ》と膝に妙な痛みをおぼえ、目をそらせる傾向があった。なんだか前肢後肢を四本とも、包丁で無理やり切られちゃったっぽく見えるのである。

ダックスフントを見ても痛くならないのは、ダックスは全体が小さく軽量感があるためと思われる。

ボルゾイは、見ると顎関節《がくかんせつ》のへんに痛みをおぼえる。

グレーハウンドも実物を前にすると、ワッとのけぞるほど頭が小さいが、胴体が、細いけれども丸みがあって赤鉛筆みたいなので、この「ワッ」は、いつも乗る電車やいつも行くスーパーといった日常の場で、非日常なパリコレのショーで活躍するモデルさんと遭遇しちゃったっぽいかんじである。

いっぽうボルゾイは、頭部や顔だけでなく、胴体も平坦で、砂消しゴムみたいなので、宇都宮城の釣天井でギューッと圧《お》されちゃったっぽく見える。「おい、ピョートル、だいじょうぶかっ」と介抱せねばならぬかんじがして、自分の顎関節に架空の痛みをおぼえるのである。

砂消しゴムというのは、今はもう売っていないのか。ボールペン、タイプライター、などインク文字を消すときに使う砂状の微粒子のやつ。ぺたーっとした形の消しゴム。

とはいえ、どの犬種についても、誼《よしみ》を結ぶと、「かわいい、かわいい」と思えてくる。猫についても。とくに誼を結ばないでも、たんに塀の上で香箱《こうばこ》をつくって寝ているのを何度か見かけるうちに好感を抱くようになる。

＊

だから、この豪邸住まいのウェルシュ・コーギー・ペンブロークのことも、ミズ家庭教師風と散歩しているところを毎日見かけるうち、「おはよう」とか「こんにちは」と挨拶するようになった。ただし心中で。

いつも家庭教師風さんの歩くのに沿って、お行儀よくお利口にエレガントに歩いている御息犬。

御息男か御息女か、名前はなんというのかなと思っていたら、ある朝、ゴミを出しに家を出たところで、家庭教師風さんと自然に目があった。「自然な流れで訊く」ができた。

犬の性別と名前を訊くという行為。これは、たかが、雄か雌か、名前は何かと訊くだけのことだ。だが、たかがこれくらいの行為が、なかなかどうしてテクニックやタイミングを要する。

なにかとぶっそうな現代社会にあって、知らない人間から声をかけられると、人の警戒心は急激に上昇する。とくに大都市部では。よって犬＋連れている人のみならず、あたりの人通りだとか明るさだとか、全体の様子をよく見て、注意してアプローチする必要がある。

この日は、よいタイミングだった。1早朝に、2ゴミ袋を持って、おんぼろ家から出てきたところを、相手が見ている。相手は、「ああ、ここに住んでいる人なのね。ご近所さんなのね」という情報を入手済である。

「おはようございます」

私が言っても、相手にはきわめてナチュラルだった（はず）。

「おはようございますう」

いささか意外だったが、きさくなかんじの口調で家庭教師風さんは返してくださった。

「おりこうさんですね」

ナチュラルに私は犬の前にしゃがむことができた。

「なんという名前ですか？」

これもナチュラル。

「モコです」

「へえ、女の子ですか」

犬や猫の性別を、女の子・男の子というのは、本当は私には違和感がある。だがこの言い方が普及してしまったので、他人様《ひとさま》の犬猫の性別については、普及した言い方を使うことにしている。

誼《よしみ》を結んだ犬猫に対しては、親愛の情から「この子」という気持ちになる。動物の性別に「男の子・女の子」を用いるのは、パンティのことをショーツと言ったり、セックスのことをエッチと言ったりすることへの嫌悪感とは比べ物にならないくらい低い。

「ええ、女の子です。6歳」

「さわってもいいですか？」

「はい、だいじょうぶですよ」

「モコー」

私はモコの背中をなでた。「ちょっとだれよ、あなた」という、いくぶんかのマイナス感情は示さない。だが、「あなたは、だれだれ？　どこの人？」というプラス感情も示さない。

「モコちゃーん」

私は犬なで声を出して、耳のうしろをなでたが、平然としている。あまり賢くない犬が、そのEQの低さゆえに、なにをされても鈍感な反応をするが、そういう気配でもない。相手が犬なで声を出して自分におもねってくるのはあたりまえという平然さだ。昭和30年代の日活アクション映画なら、石原裕次郎から、

「ちぇっ、オツにとりすましてやがらァ」

と言われる役どころといった風情。

家庭教師風さんも、御息犬のそっけなさを上から見たのか、

「家でとてもだいじにされてて、だれにでも、こんなふうで……」

と、とりなしてくれた。

それから二、三回は、モコに会うと、なでさせてもらいもしたのだが、そのうちアプローチするのはすっかりやめてしまった。※白木葉子も岡野友子も「とりすましている役」に配置されていたが、一九七〇年代の精気盛んな男は、白木葉子にはいやらしい妄想が抱け、岡野友子には抱けなかった。同じ「とりすましている」でも、葉子にはとっかかりがあり、そこから「とりすましている」が崩れそうな陰影が妄想をかきたてたが、友子のほうは、いつもかかわらず健全なというか全国展開チェーン店的な「とりすましている」なのがつまらなかった。世代差満開の譬《たと》えではあるが、モコは友子のようで、いつもおすましてるだけでつまらないのである。道で見かけても、家庭教師風さんと品行方正に歩いているのを目で追うだけだ。

*

そうして年月が経《た》った。

白木葉子、岡野友子　『あしたのジョー』、『男一匹ガキ大将』のヒロイン

２０１２年のある夕方のこと。

おすましモコが、いつになく鼻息荒く小走りしているではないか。

家庭教師風さんとの散歩のときは、お行儀よくリーダー・ウォークされているのに、この日は、自分が先に出て、綱を引っ張るあんばいに、あっちに行ったかと思えばこっち。こっちに行ったかと思えばあっちと、てんでわがままに走り回っている。

リードを握っているのは家庭教師風さんではなかった。

60代の、普段着の男性である。そう、豪邸の御主人だ。

普段着といっても、会社へ向かわんとするスーツではないというだけで、（たかが）犬の散歩というシチュエーションでさえ、御主人が身に纏《まと》っていたもののトータル額は、私の7年分の被服費に相当しそうな普段着だ。

この御立派な御主人を、モコは、

「あっちだ、グイグイ」

「次はこっち来い、グイグイ」

というあんばいで引っ張りまわしている。

パパに甘えているというよりは、「この男なら、私の言うことをなんでもきくわ」

とナメてかかっている。御立派な御主人は、ふうふうと、額に汗をにじませてモコに翻弄されている体《てい》だ。

おそらく日ごろは会社の仕事で忙しく、豪邸でモコと接触する時間が、家族の中でいちばん少ないのだろう。それでモコにナメられるのではあるまいか。

愉快だ。こんな面がモコにもあったのか。やはりタレントだって、きれいなだけより、何らかなりのイヤな顔を見せてこそ、ワイドショーの視聴率を稼ぐというもの。

私は本当はちがう方向に用事があったのだが、しばらく御主人とモコのあとをついて、翻弄される側と翻弄する側の図をながめさせてもらった。

*

そのほんの二、三日後。

おんぼろ家の大家、鶴田さんから、向かいの豪邸は○○社の社長邸だと教えられた。

○○社は、その社名を言えば、十五歳以上、いや七歳以上の日本人なら99%が知っている有名企業である。私も○○社の製品を持っている。

「えっ、そうだったのか」

と、PCで○○社の公式サイトにアクセスした。【社長挨拶】というコンテンツがあり、クリックしたところ、

「あ、ほんとだ、あの人だ」

画面には、普段着ではなく、一着で私の20年分の被服費に相当しそうな御立派なスーツ姿で映っていた。「ふう、ふう」と肢《あし》の短い犬に翻弄されて額に汗をにじませていた彼が。

「へえ……」

映っているのは飼い主の社長さんであってモコではないのだが、御立派な画像を見ていると、なぜかかえってモコの隠れた愛嬌を感じるのだった。

マッカラン

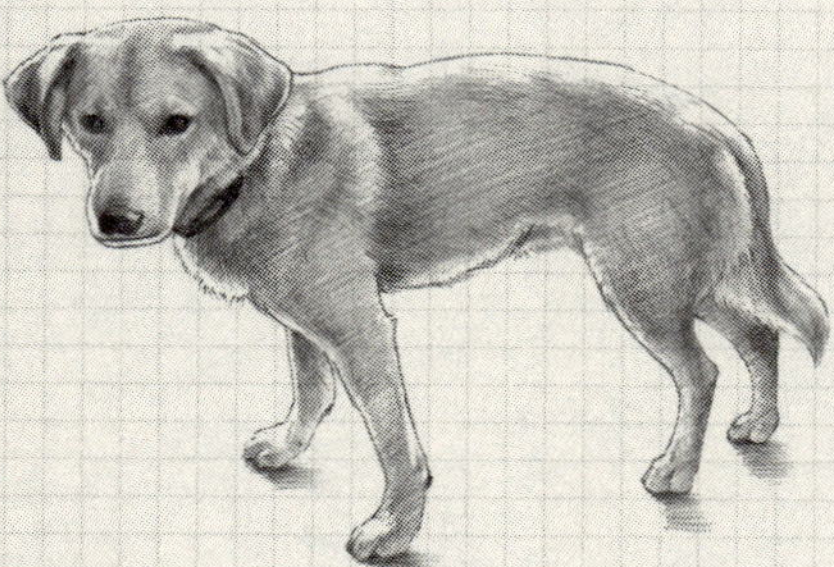

洋犬雑種

マッカランは近所でナンバーワンの「すてきな犬」だ。

サイズは中型。全体的な外見としては、ブリタニー・スパニエルとテリアとポインターを混ぜたようなあんばい。耳はローズイヤー（耳の上半分くらいが立って、それがうしろに向かって、すこしねじったように垂れている耳）。短毛だが、和犬のような剛毛ではなく、柔らかげ。毛の色はロック・グラスにそそがれたスコッチ・ウィスキーの色である。

マッカランという名は、その被毛の色からつけられた。

本当の名前は知らない。

私が勝手に、マッカランと呼んでいるだけだ。見ているぶんには、詩情あふるる犬なのである。

飼い主はダニエル・モース。十七歳。彼はイングランドの南部サウサンプトンの連泊型ホテルの雑用係をしている。夏のバカンス・シーズンのおり、金持ちの客がバスケットに仔犬を入れてやってきた。毎夜の社交パーティに忙しい彼らに代わり、ダニエルがマッカランのせわをしてやった。犬のくせに海を怖がるマッカランは、彼らがヨット遊びをするときは部屋に残され、カーテンを破った。カーテン代を弁償させられたのが気に食わなかったのか、夏の終わりにホテルを引き払った客は、マッカランを捨てていき、それからダニエルが飼い主となった——。

——というような散文が、英語で書かれた本に出てくるような外見をしているのが、マッカランなのである。

正方形っぽい変形サイズで、薄くて、でもぶあついハードカバーで、定価は１９００円（税抜き）で、文章より写真のほうが多くて、題名が『潮風と尻尾と少年』、訳・柴田元幸みたいな本。

こんな本があるとして、この本の写真に出てきそうな外見をしているのがマッカランである。

私はいつもマッカランを、ノルマンディから移ってきたルイの店で見かける。嘘。

本当はファーストキッチンのテラス席で見かける。こんな嘘をつくのは（空想をするのは）、マッカランが「すてきな外見」をしていることもあるが、それ以上に、飼い主に負うところが大きい。

朝、開店まもないテラス席には、いつもマッカランの飼い主しかすわっていない。男性。45～55歳か。私はドライアイなのでまぶしいテラス席はごめんこうむるが、彼は真冬でもテラス席だ。いつもモバイルPCを開いている。自分の向かいの椅子にA3のスケッチブックの入った大きなバッグを置いている。眼鏡をかけている。白いフレームだ。眦《まなじり》から耳にかけての部分のツルがうんと太い、2011～2013年の最新流行デザイン。

電車内やファミリーレストランや喫茶店でPCを開いている人はよく見かける。見かけるが、ほかのもの——車内吊り広告だの、椅子だの、ほかの客だの、窓だの、コーヒーカップだの——がみんな混ざり合った光景の中に溶け込んでいる。しかし、マッカランの飼い主は浮いている。

彼からはオーラがたちのぼっているのだ。

「テラス席でモバイルPCを開いて作業しているぼく」

というオーラだ。

そのオーラが、私に思わせる。「あの人の部屋には白い棚があるにちがいない」と。『ｐｅｎ』の表紙写真に使われるような、白い棚。立方体をいくつも組み合わせて自由にカスタムメイドする棚。ディノスには売っていない棚。西側の壁の一面を、この棚が占めている部屋に、あの人は住んでいるのだ。

「こういう犬を愛するぼく」

というオーラもたちのぼっている。

純血種ではなく、いくつかの犬種がミックスされた（雑種ではなく、あくまでも「ミックス」とあの人は呼ぶはず）マッカランをチョイスしたぼく、というオーラ。

あの人は、チューブ練りわさびの箱を利用してペン立てにするようなことはぜったいしていないにちがいない。

そんな彼だから、着ている服はもちろんお洒落だ。お洒落というより「おサレ」だ。「おサレ」な服とは、アメリカン・エキスプレス・カードのＴＶＣＭに出てくる、ゴールド・カードを持っている、広告系の仕事をしている男という服装だ。「週末は少年になる」と言いそうな男の服装だ。

ただ……。

ただ、彼は身長約１６６㎝にして体重が69㎏くらいの、顎《あご》のラインと腹のラインがぽちゃついた、やや小太りなので、この外見的要素がいかにも「惜しい」。

これくらいの惜しさはしかし、「ご愛嬌」にも転化する要素である。

私はファーストキッチンの、テラス席ではない室内席から、いつもマッカランを見ていた。

すてきな犬だ。

あいつと仲良くなれたらどんなにいいだろう。

他人の犬と仲良くなるのに最適な行動パターンを飼い主はとってくれている。

●定刻に定位置に現れる。

●長時間そこにとどまっている。

●屋外だから私もすぐに接近できる。

毎朝ルイの店に（現実にはファーストキッチンに）来さえすれば、マッカランだって、「こっちは犬が好きだが、犬のほうからはあまり好かれない私」のことを、友だちとまでは思わずとも、「顔見知りの人、しゃべってもだいじょうぶ」くらいには思ってくれるだろう。よほど偏狭な犬でないかぎり。

そう思って見ていた。

そしてある日。

勇気を出しておサレな飼い主に声をかけた。

「かわいい犬ですね」

「ン」

彼のリアクションは、かなり私を困惑させた。

便宜上、「ン」と、カタカナで表記したが、じっさいには、ハミングするような息。「Mm」とでもいうか、短く鼻に息が抜けた。

世の「犬の飼い主」に、かわいい犬ですねと声をかけたときのリアクションは、私の体験では3種類だった。
①にこっと笑って「ありがとうございます」とか「どうも」など短い礼を言う。
②聞き流す。急いでいる（散歩の行程を早くすませたい）気配が濃厚。ただし私の声は通りにくいので、単純に聞こえなかった可能性も大。
③うれしそうにして、我が犬について積極的に語ってくれる。

数としては、

①＝55％
②＝15％
③＝30％

だ。①も③も「喜んだ」とするなら、通りすがりの者から「かわいい犬ですね」と言われたとき、85％の飼い主が喜んだ。

②の飼い主だって、相手が私ではなく、榊原郁恵とか朝倉さやのような、声がよく通り、近よると自分まで明るい気分になれるような「人好きのするタイプ」だったら、②のうちの大半は①に転ずるだろう。よって、自分の犬をかわいいと言われたら、93％の飼い主は喜んだ、と言ってもよい。

だが、マッカランの飼い主は、①②③のどれでもなかった。白い眼鏡ツルをかけた鼻から「ン」という息を出しただけだ。

この鼻に抜ける息は、いわゆる「鼻で嗤《わら》う」息ではない。「鼻で嗤う」息なら、「どちらかといえば②に分類される」になるが、彼は犬について声をかけてきた私を、拒絶してはいない。

（どれ？　①でも②でも③でもない。どれ？　この息は何？）

私はひどくまごついた。経験したことのないリアクション・パターンに。

といっても、その場での時間経過は1秒だ。飼い主のリアクションの分類や、まごつく心情の詳細の記述は、あくまでも後日におこなっていることであって、その場では、ほんの1秒かそこらであり、「かわいいですね」と声をかけた私は、すぐに、

「さわってもだいじょうぶですか？」

と、つづけた。

「さあ、どうかな、フフ」

えっ……。さらにまごついた。「さあ、どうかな、フフ」という飼い主のリアクションも、これまでに経験がない。

さわってもよいかと尋ねて、だめだという場合は経験してきた。犬にもいろんな性格がある。「いえ、知らない人にはいやがるので」とか、「ごめんなさいね、うちのは臆病で、知らない人に吠えるので」とか、礼儀に則した断りをする飼い主にもよく会ってきた。

だが、「さあ、どうかな」というリアクションには遭ったことがない。

（え、どっち？）

さわってもYESなのかNOなのか？　この「YES or NO」の、「or」のようなリアクションはいったい？

くりかえす。じっさいには、こうしたことは数秒のあいだにおきている。私は「ン」の息でまごつき、すかさず「フフ」でさらにまごついた。が、数秒のあいだのことなので、身体《からだ》はマッカランのほうへ接近した。

最初、飼い主に声をかけたとき、マッカランと私の距離は約2メートル半。

そこから徐々に接近していった。

1メートル接近。マッカランはすてきに私のほうを見ている。柴田元幸・訳の写真集的散文から抜け出てきたような顔と体の犬。小首をすこしかしげるしぐさはサウサンプトンの潮風の香り。

さらに50センチ接近。マッカラン吠えず。十七歳のダニエル・モースを見つめるように私を見る。

さらに50センチ接近。ここだ。

マッカランと私のあいだが50センチになったとたん、かれの吻《ふん》に皺《しわ》がよった。

ワンワンワン。

朝の町にけたたましい吠え声が響いた。

「あー、はいはい、わかりましたわかりました」

マッカランに言ってやり、私は飼い主に、

「どうも、ありがとうございました」

と言った。

すると。そう言った私のほうを見たような、見ないような、どうも判断のつかない首の動かし方をして、白い眼鏡のかかった彼の鼻から、またしても息が出た。

「フフム」

と。

（なるほどのう……）

ルイの店を後にして（＝ファーストキッチンを後にして）、人のすがたが増え出した朝の町を歩く私は思う。

動物学者コンラート・ローレンツの『人イヌにあう』の「犬は飼い主に似る」というくだりを思い出し、なるほどと思うのである。

マッカランの飼い主は、身につけているものがおサレで、自分の職業についてもおサレだという自負があるのだろう。しかし同時に彼の内なる魂には、強い警戒心があるのだろう。

なぜなら彼は、顎と腹がぽちゃついた小太りだからだ。

小太りなことと、彼の自負するおサレが、彼自身の中で鬩《せめ》ぎ合っており、その摩擦熱が強い警戒心となって出てしまうのではないか。

50センチまでなら吠えないマッカラン。「小太り」は、半々の確率で「愛嬌」に転ずる要素だが、白い眼鏡の飼い主の場合は、「愛嬌」ではなく「惜しい」になっているように、マッカランも、じつに惜しい結果の犬になっている。

（なるほどのう……）

しみじみと、いろいろなことを考えさせられる犬の行動であった。

小雪

ピレニアン・マウンテンドッグ

私の住んでいるおんぼろ家は、44年前には「カッコイー」と道行く人から言われることもあった。と思う。できたてのほやほや当時の写真を見ているとそう思う。

洋服と同じで、建築にも流行がある。1950年代には白い垣根に、1980年代にはコンクリート打ちっぱなしに、その時代の大衆はすてきな夢を見た。鶴田邸の建築は1970年代の流行だ。三角屋根のない四角い鉄筋の家は、「お家《うち》」というよりは学校か会社のようである。エキスポ'70にわくわくしていたころ、ビルのような建築に、「未来」ということばを想起し、「カッコイー」と思う人が、さぞいたことだろう。

建てた鶴田かめの夫がいちばん「カッコイー」と思ったにちがいない。だから、写真を玄関に飾ったのだ。

かめの夫は婿養子である。かめのお父さんの代から酒屋を営んできて、１９６９年に家を建て直した。店舗と自宅と倉庫を兼ねた四角いビルのような家が竣工相成ったときの写真を、朝の6時40分に、私は見ている。

セブン‐イレブンにコーヒーを買いに行き、もどってくると、朝の掃除をしに来た鶴田かめの長男の妻が、箒《ほうき》を持ったまま、写真を見上げているので、「おはようございます」と言ったついでに、並んで写真を見たのである。

「酒店をやっていたころは、まだお向かいの立派なお宅は建ってなくて……。お向かいは……今とは別の方が住んでて……」

鶴田妻（＝かめの嫁）は六十代。高い、よく通る声なのだが、いつも口もとを手で覆ってしゃべる癖のある婦人だ。鶴田酒店は、コンビニエンスストアが増えるにつれ営業不振となり、「つるビル」というカッコイービルに建て替えてから十四年後に閉店した。同時にビルをさらに改築し、二階を三人に、三階を二人に貸す賃貸住宅業に転身した。私は三階の住人である。

鶴田家の出入り口と、店子《たなこ》たちの出入り口は別方向にある。家賃は銀行振込である。大家と店子が世間話をする機会はそんなにはないのだが、鶴田妻が賃貸スペースの玄関や階段を掃除しに来てくださるときなど、今朝のように顔を合わせたりする。

「ここは、前は、お店の正面玄関だったのよね……」

そこが賃貸スペースの共同玄関に改装された。けっこうロビー然としている。太い柱があり、そこにごつい金縁の額に入った、竣工当時の鶴田邸の写真が飾ってある。

「こうなる前のお店も、わたし、知ってるのよ……」

鶴田妻の実家は同じ町内にある。鶴田妻の兄と鶴田妻の夫は、小中学校の同級生なのだ。大家と世間話をする機会などそんなにないにもかかわらず、ぼんやりしていたら私はこのつるビルに住んでけっこうな年月が経ってしまい、塵《ちり》も積もれば式に、鶴田一家のことを知っていってしまった。鶴田かめ夫妻は、私がつるビルに越してきてほどなく、妻、夫の順にお亡くなりになったのだが、今なお表札には、なぜかかめのみ名前が残ったままである。

「前のお店やなんかを全部壊して、鉄筋に建て替えるんだって、わたし、兄から教えられたわ……」

鶴田妻はもじもじする。鶴田夫は、元は店を商っていただけあって社交的だが、妻は恥ずかしがり屋な婦人である。賃貸スペースへ掃除しに来てくださる時間が不規則で、思わぬときにばったり出くわす。と、口もとを手で覆って、全身をくねくね、もじもじさせて、お辞儀だけなさる。

「前のお店は倉庫も大きくて庭も広くて、近所の子たちと鬼ごっこをしたわ……」

そう言ってもじもじ、身悶《みもだ》えするように箒に腕を絡ませる鶴田妻だ。恥ずかしがる内容ではまったくないのに、なぜかもじもじするのである。

「この写真は、わざわざ写真館の人をここまで呼んで撮ってもらったとかで……」

もじもじして口もとを両手で覆った。箒は柄《え》を持つ人をなくし、四半円を描いてタイルの床にたおれかけた。

「おっと」

私は手をのばし、箒を持った。

「すみません、すみません……」

鶴田妻はいっそうくねくねするが、両手は口もとを覆ったままなので、箒は私が持ちつづけた。

「そうですか。プロの写真屋さんが撮ったんですね。立派に額装されてますものね」

思えば44年前は、カラー写真も目新しかったものだ。立派な額に納まった新築当時の鶴田邸のそばにはポストが写っている。

「お向かいの豪邸がまだ建っていなかったころは、まだポストも円柱形だったんですね」

「……円柱……すみません、ほんとね……すみません」

ポストが円柱形なことまで鶴田妻は「すみません」と言う。越してきたばかりのころは私も妙に感じたが、今では慣れた。「すみません」は鶴田妻にとっては「ええ」とか「そうね」とか「どうも」みたいな相槌《あいづち》なのである。

「このビルね……建ててるさいちゅうに、職人さんがラジオをかけていて、三波春夫の歌がしょっちゅう流れていて……」

「三波春夫の歌……。もしかして、こんにちは〜、こんにちは〜、ですか？」

「すみません、そう、世界の国からの、あれ……」

当時、三波春夫の『世界の国からこんにちは』を聞いたことのない日本人はいなかったといっても過言ではあるまい。

「行きましたか、万博？」

「いいえ、すみません、すみません……」

くりかえすが、「すみません」は鶴田妻のオリジナルな相槌である。大阪万博に行かなかったことを関西出身の私に詫びているのではない。

「子供だったらね、親に連れていけとせがんだかもしれないけど、もう二十二、三だったから、すみません……」

口もとを両手で覆って、にこにこ笑う鶴田妻。

「万博のころに二十二、三……。じゃ、鶴田さんは宇津木さんと……」

宇津木さんと同じくらいの世代ですね。

私は言いそうになってやめた。

宇津木さんを鶴田妻が知っているわけないし、私も宇津木さんのことをほとんど知らない。滋賀県にいるころ、ほんの数回、口をきいただけの人だ。「すみません」が鶴田妻の癖なら、私の癖は、大阪万博にかかわるものを見聞きすると、いろんなことをいっせいに思い起こすことだ。

「そのころは、山登りをよくして……すみません」

登山とまではいかないが、ハイキングよりはもうすこし高い山に登るのが、若者の一種の流行だったと鶴田妻は言う。

「主人ともよく山登りをして……。今はもう疲れるのでしませんけど……。すみません、それで、その方はどういう……？　なにをされたの……？　すみません……」

「その方？　その方といいますと、どの方？」

「いま、ウツキさんだかマツキさんだかがどうのと、言われたじゃない？」

教室でも飲食店でも車内でも、およそ話すときには相手に聞こえにくい声質の私であるのに、ぽろりと出たひとりごとの一部でしかない「宇津木さん」だけ、なぜか鶴田妻の耳はキャッチしたようだ。

「いえいえ、べつに。たいしたことではありません」

私は片手で箒を持ち、片手を左右に動かした。

「でも、たしかに今、どなたかのことを……」

ほとんど話す機会はないものの、ここに住んで長い私は気づいていた。鶴田妻は人と話すときには両手で口もとを覆い、もじもじと身体をくねらせるようにする恥ずかしがり屋な婦人なのだが、たまに些細《ささい》なことにひどくこだわることがあるのに。

「たいしたことじゃないんです」

「でも……」

ひとたびこだわると、こちらが思いもよらぬ方向へ勘違いをしていくことがこの婦人にはある。なんとかここで彼女のひっかかりを外してさしあげないとならない。

「ほんとにたいしたことじゃないんです。コユキを知っているかなと」

ウツキじゃなくコユキの話をしかけたことにした。

近所に小雪という犬がいるのである。

ピレニアン・マウンテンドッグである。

「山登りをよくされたと鶴田さんがおっしゃったので、思い出しただけです」

「なんで山登りだと、その犬なの？」

「ピレニアンだから……。ピレネーの山岳地帯で牧羊犬として働いていた犬を源とする犬の種類がピレニアン・マウンテンドッグらしいんですが、近所で散歩させている方を見かけたことがあるので、どこの方か御存じかなと」

「まあ、知らないわ。すみません、すみません……」

鶴田妻は私の手からすっと箒を取ると、玄関から外に出て行った。唐突なほどであった。犬にはまったく関心ないとみた。

コユキはどんな字を書くのか飼い主に尋ねたことはないが、たぶん小雪だろう。

＊

ピレニアン・マウンテンドッグというのは、セントバーナードの真っ白版である。そんな大型犬が小雪という名前なのは、『みそっかす』の「チビ」のようで、名前をおしえてもらったときから飼い主に勝手な好感を抱いている。

『みそっかす』というのは、ちばてつや先生の不朽の名作、『週刊少女フレンド』連載だった、『みそっかす』。小学四年生の主人公、上条茜《かみじょうあかね》ちゃんや、妹のさくらちゃんを乗せてまわれるほど大きいセントバーナードなのに、「チビ」という名前だった。

ピレニアン・マウンテンドッグに小雪と名づけているのは、鶴田夫妻くらいの年代の、仲むつまじそうな夫妻である。世代的に『みそっかす』を知っていたのかもしれない。連載をずっと読んでおらずとも、すこし読んだことがあって、セントバーナードなのにチビという犬が出てくるのだけ頭のどこかにあって、命名したのかもしれない。

そうだとよりうれしいが、まあ、たぶん、仔犬のころは小さくて白かったから小雪と命名しただけのことだろう。

「小雪に再会できないものか」

願っているのだが、同じ会社に勤めていても、同じ学校に通っていても、すれちがいたいときにすれちがうなどということは、そうそうあるものではない。

一度会ったきりで、月日が経っていた。

*

それが、鶴田妻と、44年前の写真の前で話をしたこの日。

夕方になってから、ダイエーへ買い物に行ったところ……。

前方に大きな白い毛のかたまり。

十三歳だから、巨体をもてあまし気味の小雪の歩き方はのそのそしている。

私は走り寄って、おそろいの色違いのシャツを着た仲むつまじい夫妻に話しかけ、小雪をなでた。

「かわい〜、かわい〜、かわい〜」

私は思う。だが、道端にしゃがんでピレニアン・マウンテンドッグをなでる私のうしろを通りすぎてゆく人は、みな、

「わ、でか」

「げ、でか」

「う、でか」

と、サイズが第一に目に飛び込むようである。

「あー、かわいかった」

きげんよく私はダイエーで買い物をした。

かわいい犬を見かけると目にその姿が入っただけで気分がたのしくなるが、その犬をなでさせてもらったりなどすると、鼻唄うたってスキップをしたくなるほどきげんがよくなる。

きげんよくなり、バターも雪印ではなくエシレのほうにした。と、冷凍食品の棚の前で鶴田妻に会った。

「今日はよく会いますね。お夕飯のお買い物ですか」

挨拶も、上条茜（『みそっかす』の主人公）のように明るく活発な声になる。

「今朝、ほら、小雪の話をしたじゃないですか。その小雪がね……」

きげんのよい私は鶴田妻に小雪と会えたよろこびを伝えた。

「大きいのに小雪っていうんですよ。小さいころから、何をしても怒ったことがないんですって。すごく性格がやさしいんですって。今は飼い主のお孫さんが、上にのっかって遊ぶんですって」

矢継ぎ早に伝えた。

鶴田妻が犬に関心がまったくないのはわかっていたが、なんだか気分の流れで、ぺらぺらしゃべってしまった。

「ええ……すみません……」

きげんのよい酔っぱらいに話しかけられたときに返すような、右から左への反応を、鶴田妻はするだけだ。が、しゃべりかけたからには、不意にひっこめられない。

「また会いたいなあ。会えるといいなあ」

なんとか区切りをつけて（自分で自分に）、私は鶴田妻の前から去った。

＊

一カ月ほどが経った。

小雪に再会はできなかった。

ドア・チャイムが鳴った。

「佐川急便です」

ドア越しにも元気な声が聞こえ、私はドアを開けた。

荷物を受け取っていると、鶴田妻が階段にモップをかけながら、私の部屋の前まで来た。私のほうに顔を向けた。なにか言いたそうに見えた。だが、

「はいっ、ここにハンコかサインをお願いしますっ」

佐川男子が大きな声を出すと、もじもじうつむいてしまった。

「荷物はここに置いたのでよろしいでしょうかっ」

佐川男子が元気ハツラツで声を出すと、鶴田妻はモップを持ったままヒャッとする。

スナネズミのようにおとなしい婦人なのである。

「ではっ」

佐川男子が去る。

私はいったん荷物を室内に入れてから、ドアを開け、階段でモップを持ったまま固まったようになっている鶴田妻に近寄った。

「なにか用事でしたか？」

「すみません、すみません……、用事じゃないんですけど……」

鶴田妻は口を両手で覆う。モップが倒れかける。私は柄を摑む。

「用事じゃないんですけど、すみません、すみません、そのあの……」

なんだろう？

「すみません、すみません、今、道に……すみません、あの、今道にね……小雪がいたので……」

えー、早く言ってよ。と、言いそうになったが、スナネズミのように気絶されては困るので言い止《とど》まった。

「そうですか、教えてくださってありがとうございました」

ササッと言うと、私はあわてて部屋にもどった。佐川男子が呼び鈴を鳴らしたときにはパジャマだったので、ロングコートをはおって応対していたのだ。それらをあわてて脱いで、あわてて犬用勝負服（2000年から愛用のモッズコート＋米軍迷彩パンツ）に着替えた。

あわてて三階から一階に下りる。

どこ？

どこ？

小雪はどこ？

東西南北に首を向ける。

すると。

たしかに犬がいた。

最後に首を向けた方向にいた。20メートルほど先に。

たしかに白い。

でも、それはスピッツだった……。

鶴田妻にかぎらない。人は、関心のない対象については区別がつかない。私もプリウスとレガシィの区別がつかない。私がゴルファーは男女ともに全員同じ顔に見えるように、犬に興味のない人には、ピレニアン・マウンテンドッグもスピッツも、同じに見えるらしい。ただ毛の色が、白いというだけで。

拓郎
スピッツ

犬に関心のない鶴田妻がピレニアン・マウンテンドッグだと思ったスピッツのことは、前から知っていた。

前からときどき見かけるやつだった。

名を拓郎という。

拓郎は、平成のスピッツである。

鶴田妻なら当然、「平成のスピッツ」と「平成の」と付けてあっても素通りだろうが、犬好きでも平成生まれだったりすると、なぜわざわざ「平成の」が付いているのかなと首をかしげるかもしれない。

かしげた首をまっすぐにもどしてもらうために、「昭和のスピッツ」について話そう。

＊

動物学者ではないから、私も犬について詳しいわけではない。『犬　エンサイクロペディア』（フィオレンツォ・フィオローネ・著／前川博司・翻訳監修）という、イタリアで出版された犬の百科事典の和訳が長く手元にある。

長く手元にあるくらいだから、ずいぶん昔に出版された事典だ。情報が古い可能性があるが、この事典によると、スピッツはドイツ原産になっている。

といっても、たとえばクロマニヨン人、グリマルディ人がどのように分布していったか、厳密にはわからないように、ヒト以上に素直に交配行為をするカニス《犬》の過去からの厳密な分布実態はわからないだろうから、原産といっても、まあ、「目安」「いちおう」のことと、私は受け取り、いつもこの事典を開いている。シェパード＝頭がよい、と一般には「そういうことになっている」が、アホなシェパードだっているのだし、こうしたことはみな、「目安」「いちおう」だと。

さて、ドイツ原産のスピッツには、グレート・スピッツ、グレート・ブラック・スピッツ、グレート・ウルフ・グレイ・スピッツ、スモール・スピッツがいる。サイズはスモール・スピッツを除き17〜15インチ……。やれやれ、インチだよ。イタリア出版のこの事典、これが迷惑。日本語訳版を出すんだから前川博司先生は、センチとキログラムに訳してほしかったよ。

それに、これは前川先生のせいではないが、いちいち「グレート」ってつけるセンスも何？「大日本帝国憲法発布」みたいなノリ？　１８８９年。

「ドイツの大スピッツには白・黒・灰の三色おり、体高は約38㎝〜43㎝である。サイズの小さい種類（小型スピッツ）もいる」と訳したほうがいいと思うけどなあ。

この犬の名の元となったドイツ語ｓｐｉｔｚ、ｓｐｉｔｚｅの意味は、とがった先端とか、先頭とか、首脳・指導者、など。また、この事典には書かれていないが、耳や吻《ふん》がとがっている犬の総称としてスピッツということもあると、聞いたこともある。

日本スピッツとドイツの大スピッツは、どちらも立ち耳だから、似ているといえば似ているが、鶴田妻など「そうかしら、すみません」と言うのではないか。

しかし、日本スピッツとドイツの小スピッツを見せれば、鶴田妻はともかく、犬好きな人なら「ほんとだ、似てる」と言う人はぐっと増えるはずだ。

というのはドイツの小スピッツは、大スピッツより吻の幅が細く（＝顔がとがっていて）、立ち耳で、毛がフカフカとしてちっちゃ〜くて、人気の黄茶毛ともなると、ポメラニアンそっくりだからである。

で、日本人にとって、平成になっても、21世紀２０１３年になっても、スピッツといえば日本スピッツのことで、これ以降は日本スピッツのことをスピッツと記す。

するとこんどは、「スピッツとポメラニアンが似ている？　そうかな？　気づかなかったけどな」と言う人が出てくるかもしれない。

気づかないのは、ポメラニアンがスピッツよりぐっと小さいという、サイズにごまかされているのが一つ。そしてなにより、最もよく見かけるポメラニアンの毛が黄茶だから、スピッツとは似ていない、と見てしまうからだ。

そうだ。然《しか》り。スピッツといえば、

「白い」

のである。

白い蛇。白い鳥。白いジャングル大帝。白いパンティをはいた娘さん。そして白い犬。白い生物をありがたがる傾向が日本人にはある。

紀州犬だって白い。しかしスピッツは毛足が長い。真っ白な毛がクルクルではなく、シャフシャフーッと風にゆれる。

手さげバスケットに入れられそうなほど小さくなく、門のところで郵便配達員をブルブルさせるほど大きくなく、そのすがたを目にした日本人が、

「まあ♡」

という目を向ける犬、それがスピッツ……だった。

過去形である。

現在でも白い生物への聖視はある。

だが、昭和28〜40年くらいの、敗戦から復興して「もはや戦後ではない」ということばが流行語になり、経済成長に拍車がかかりはじめたころの、日本の一時期において、スピッツは日本人のあこがれの具現であった。

グレタ・ガルボやマレーネ・ディートリッヒに息を呑んだ時期はすでにむかし。あの大きな戦争を経て、原節子や鰐淵晴子にため息ついた時期も終わった。

そして始まったのが「高見エミリーちゃんがほほえんでいる時代」だ。

この時期の理想の家の応接間には、先細りの木の脚がついたソファセットと、シャーリングしたサテンのシェードのあるスタンドライトがある。子供部屋には、外巻きにカールしたセミロング・ヘアにベルベットのカチューシャをした、名前が「××子」ではない、お父さんとお母さんのことを「パパ、ママ」と呼ぶところのお嬢さんがいて、そのお嬢さんは畳に布団を敷いてではなく、ベッドで寝る。

理想の家とは、こんな家にこんなふうに住んでいる日本人が少ないからこそ、理想なのである。

理想の家の理想の子供部屋で、ベッドで寝ているお嬢さんを具現していたのが、高見エミリーちゃん（や、恵《けい》とも子ちゃん）だった。

そして高見エミリーが飼っていそうな犬、それがスピッツだった。

＊＊＊

昭和40年。

滋賀県の田んぼ。

市立小学校一年の同じクラスの7、8人が、れんげの花で首飾りを作っている。統子ちゃんが「ちょっと、みんな、れんげの花の首飾りを作ろ」と言うから作っている。彼女の提案はつねに他の子供への命令である。他の子供にしてみれば、ほとんど作れと言われた感で作っているのである。

花の首飾り作りに飽きはじめると、統子ちゃんは訊く。

「ちょっと、みんな、学校で一番、家が金持ちの子はだれやて思う?」

統子ちゃん以外は全員思う。

(なぜそんなことを知りたいんやろう?)

(そもそも、どこからこんな質問を思いつくんやろう?)

と。

思うが、だれからともなく答える。

「そら、京美ちゃんやろ」

と。

小一児童が地域住民の年収を正確に把握しているわけがない。だが、小一児童がそろって「答え」とするのは「京美ちゃんの家」だった。

名前に「子」がつかない京美ちゃん。彼女の家にはスピッツがいた。

統子ちゃんは田んぼでまたほかの子に訊く。

「ちょっと、みんな、組で一番きれいなお母さんはだれのお母さんやと思う？」

この質問には、みんな、みんな即答する。

「京美ちゃんのお母さん」

と。

昭和40年の、田んぼがほとんどの田舎の町の、小学生が、「正解」として答える「きれいなお母さん」とは、いつもフレアスカートをはいている女性である。一襞《ひとひだ》のボックスプリーツ不可。着物不可。モンペは勿論不可。参観日はもちろん、買い物のときも、台所にいるときもフレアスカートをはいていなければならない。

京美ちゃんのお母さんはいつもフレアスカートをはいており、ほっそりとして、すらーっと長身であった。そして、田舎の子供のお母さんがついぞつけない、はっきりした赤の口紅をつけていた。

「(濃い) 赤の口紅をつけてはるのはバーの女の人や」と田舎では陰口をたたかれる。だが、あくまでも、「ただし、京美ちゃんのお母さんは除く」だった。

そんなお母さんのいる、一番金持ちの京美ちゃんは、滋賀県の高見エミリーだった。

それが証拠に、京美ちゃんの家にはスピッツがいた！

名前はエル。

京美ちゃんの家に遊びによせてもらうことになると、私は期待した。

「今日はエルにさわれるやろか」

と。ライブでスピッツを目にできるかと期待する、それほどこの時期の日本では、この犬種はバクハツ人気だった。

しかも。

この時期の、日本の、田舎町の、子供だけでなく大人も卒倒するほど「すごい」ことを、エルはされていた。

京美ちゃんの家では、スピッツのエルを、家の中で飼っていたのだ！

頸椎《けいつい》周辺をじょりじょりの刈り上げにしたワカメちゃんカットの7、8人の小一女児が、応接間でかしこまっている。

応接間にはピアノとステレオがある。どちらにもかけられたカバーは、すっぽりと覆うものではなく、上部にさらっとかけるようなカバーで、白い化繊レースだ。現在とちがい高度経済成長期にあって、化繊レースなのがまた、時代の先端をゆく、といった力があり、田舎町の少女たちをかしこまらせる。

バャリースオレンヂをみなに1本ずつくばってくれる、フレアスカートのすらっとしたお母さんの、口紅の赤さが、女児たちをうっとりさせる。

と。

シャフシャフーッ。

背中や足の裏やふくらはぎをこする。エルの毛が。

「わっ」

と、だれかがおどろいて声を出すとか、パッと立ち上がるとかしようものなら、もういけない。

キャンキャン！

キャンキャンキャン！

エルはけたたましく吠え、立ち上がった子にとびつく。引っ掻く。

引っ掻こうとしているわけではなく、とびつくから爪がひっかかってしまうのだろうが、された子としては、引っ掻かれたことになる。

だから、みな怖がる。

私も怖かった。怖いのだが、しかしスピッツの、そのシャフシャフーッと膨らんだような白い毛は、牧美也子先生の漫画に出てくるお部屋のようにきれいで、さわりたい。でも怖い。

京美ちゃんの家に行くときはいつも、複雑な心境で、私はエルに対したものだ。

＊

そんなころの、ある土曜日のこと……。

小学校から帰ると、門から入ったところ、玄関戸の前あたりに、白くてふわっとしたものが！

（あっ、あれはスピッツ！）

目を見開く。

スピッツのそばで、着物を着た御婦人と父親が立ち話をしている。

着物の御婦人は、昭和40年の小一の目には60歳くらいに映ったが、本当は45歳くらいだったのかもしれない。男女ともに昭和時代は現在より、ずっと大人びていた。

御婦人はやさしそうに私にお辞儀をしてくださり、つづいて、

「では」

と、父親にお辞儀をなさり、スピッツをおいて門を出て去ってゆかれた。

残された、あのスピッツは?!

「しばらくこの犬をあずかることになった」

答えは父親の口から。なぜなのか理由はわからない。

私の父親に限らないだろう。大人はえてして子供を、「たかが子供だ」と思っているため、あらゆるシーンにおいて理由や経緯を説明しない傾向にある。

なぜあずかることになったのだろう?

この土曜日から48年が経った今になって、むしょうに理由を知りたい。だが理由を知っていそうな人間は全員、すでにこの世にいない。あの着物の御婦人の姓も名も、私は知らない。

理由不明でわが家に一時滞在することになったスピッツの名前はおぼえている。

ふじ。

名前を聞いて、櫻子ばあさんの家の庭の藤棚が頭に浮かんだ。陽春に葡萄《ぶどう》のように美しく垂れていた藤。

あの花の「ふじ」だと、このとき思い、以後48年、疑いもしなかったが、富士山の「ふじ」だったのだろうと思い直した。当時の御婦人ならスピッツの白さから『真白き富士の根』の歌が頭に浮かんだのだろう。

いずれにせよ、気に入らなかった。

「高見エミリーちゃんがほほえんでいる時代」に、スピッツが「ふじ」という名前なのは、気に入らない。小一女児はとくに気に入るわけがない。

おまけに通っていた市立小学校には、コワイことで有名な、藤巻先生という金縁眼鏡で鉤鼻《かぎばな》の男の先生がいた。

(なんで、ふじ、なんていう名前なんや。ふじなんていう名前と違《ち》ごたらええのに)

私は心中の思いを、おそるおそる父親に伝えた。

おそるおそる言葉を発したのには、父親が法則性なく、突発的に赫怒《かくど》する人であったこともあるが、私は相手が肉親でも同級生でもだれであっても、しゃべるのが苦手であった。頭の回転がバッテリー切れ間近の電化製品みたいにのろいのだ。明朗に、すぱっと短く話せない。

だが、たまたまこのとき父親はきげんがよかった。法則性なく、と数行前に書いたが、いまから思えば、彼は動物といるとき、きげんがよかった。もっと早くに（彼が存命中に）、この法則に気づけばよかった。もう遅い。

とまれ、きげんがよかった彼は、私のほうを見もせずに言った。

「ふじが気に入らぬならば好きな名前で呼べばよい。名前などさして意味のあるものではない」

と。

私は心中で両手を上げた。バンザイ。怖い父親がそう言ったのだから、お墨付き感があった。

真っ白なスピッツを、私はピアと呼んだ。ローザと呼ぶ日もあった。シルビーもあった。

彼女はわが家の、門から入ってすぐのところに繋がれた。わが家で本当に飼っている、いわば実子《じっし》犬《けん》の雑種は、彼女とは反対側の勝手口わきに繋がれていた。二犬が顔を合わさないよう、預かりのお嬢さん犬に父がすこし気づかったらしい。

「ピア」

学校から帰ると、私は高見エミリーになって（気持ちとして。外見ではなく）、ランドセルの側面にぶらさげた巾着袋（給食時のお茶用のカップだけは各児童が持参することになっていた）をぶらぶらさせながら、白人女児が毎号表紙になるのでおなじみの『別冊マーガレット』誌から抜け出たような白いスピッツのほうへ行った。

キャキャキャキャン！

キャンキャンキャンキャン！

耳を両手でふさぎたくなるようなカン高い声でピアは吠える。

「ローザ」

そのころの少女漫画は、どこともしれぬ外国（ただし白人の国限定）を舞台にしたものがよくあり、ローザという名前のヒロインがよくいた。そうしたフィクション浸《びた》りだった小一児としては、最高のオマージュで呼びかけているのに、ローザは吠える。

ケケンケケン！

ケッケケンッ、ケッケケンッ！

イラつくカン高い吠え声だ。

昭和40年代前半。このころは、犬を繋ぐ専用のリードは鎖だった。ギチギチ、ギチギチと重みと金属を感じさせる音をたてる鎖だった。犬の首輪に金属製のひっかける金具がついており、そこに鎖の先の鉤をかちゃんとアダプトさせるようになっていた。

鎖に繋がれたスピッツは吠える。

キャキャキャン！

キャンキャンキャンキャン！

ケケンケケン！

ケッケケンッ、ケッケケンッ！

吠えて、せわしなく動く。あっちに動けばギチギチと、引っ張られた鎖が鳴る。こっちに動くとまたギチギチ。

「シルビー〜」

なんとか落ち着いてくれと、おろおろする小一の私が様子を窺うと、唐突にびゃんッと跳ねる。

「わあっ」

結果的に引っ掻かれることになる。京美ちゃんの家のエルと同じだ。

こんな落ち着きのないスピッツだったが、父親には白い子ヒツジになったかのように従順で、風呂場でのシャンプーも、キャンの一吠えだにせず、されるがままになっていた。

それがまた私には、「自分はだめだ」という自責になり、高見エミリーちゃん的なるきらきらしたものいっさいが、指のあいだからすべりおちていくような落胆を味わった。

数カ月後、着物を着た御婦人がわが家を訪れ、

「ふじ」

「ふじ」

と手をたたいて近寄り、門から連れて帰っていった。

その御婦人にも、きゃつはやはり、キャンキャンと吠えていた。

＊＊＊

同じころか、一年ほどあとか。

京都に用事があって出かけた親に、私も同行した。

このときスピッツの置物を買ってもらった。ぬいぐるみではない。ひよ子饅頭《まんじゅう》をひとまわり大きくしたほどの、置いて飾っておく用の、ちょっとした飾りだ。

体毛はフェイクファーに使うような毛で作られていて、細い吻、黒い目も、簡単な造りなのだが、うまい工夫で精巧に見える。なのに値段は安い。

「あ、これほしい」とつい口に出した私のリクエストをすぐに親がきいてくれたのも、「あら、お買い得ね」と思ったのではないか。

ミニチュアの、飾り物のスピッツは、もちろん吠えない。引っ掻かない。せわしなく動かない。

「ローザ」

安心して、私は真っ白なスピッツを指先でなでた。毛がふわふわして気持ちよかったので、お化粧をする大人の女の人になった空想をして、ぽんぽんと頰をはたいたりもした。

が、だいたいタミーちゃん※で遊ぶときに、タミーちゃんが散歩させる犬として使っ

タミーちゃん　リカちゃん人形発売以前の着せかえ人形

た。サイズがタミーちゃんとぴったりのバランスだったからだ。

値段にしてはよくできているスピッツのローザは、わざわざ買いに行ったものではない。さがし歩いたものでもない。

用事をすませた親が、もう電車に乗って家に帰ろうとしているようなとき、駅近くの店先に置いてあったのに、私が目をとめたのだ。

つまり当時の日本には「スピッツもの」があふれていた。それくらいこの犬種は人気があったのである。

それがパタリとみかけなくなってしまった。

理由は、昭和50年代半ば（1980年代）の、この、複数の発言でわかろう。

知人A「スピッツってさ、子供んとき、隣の人が飼ってたんだけど、うるさくてさあ、回覧板とか持っていくと吠えまくりやがって、大嫌いだった」

知人B「子供のときのことだけど、スピッツを親戚の家が飼ってたんだけど、神経質だったよ。そいつがいるために、俺、その親戚の家に行くのいやだったもん」

知人C「子供のとき、スピッツを連れてる人がいて、きれいだったから近寄ったんだけど、あんまり吠えるんで、びびった」

等々。このような感想を大勢の日本人から抱かれたこの犬種は、人気が凋落《ちょうらく》したのである。

そのため、どうやら近年（1990年ごろから）改良をほどこされたらしい……と、拓郎の飼い主さんがおしえてくれた。

＊＊＊

拓郎を「平成のスピッツである」と言ったのはかかるしだいである。

拓郎を、前から見かけてはいたのだが、飼い主さんに話しかけて、さわらせてもらおうとはしなかった。知人A、知人B、知人Cの発言からも裏づけされた自分の体験からくるスピッツへのあまりよくない印象が、拓郎を避けさせた。拓郎という名前も知らなかった。

それが、名前を知り、話すようになったのは、拓郎本人（本犬？）ではなく、飼い主さんに惹《ひ》かれたからだ。

人の年齢をあてるのは不得意だが、64、65歳と推定。たゑや櫻子の年齢を80歳だと見ていた幼児のときよりは正確な推定をしているはず。

京美ちゃんのお母さんのようなフレアスカート姿ではないが、おっとりとやさしそうな御婦人で、おんぼろ家から出たところで会うと、こんにちはとかこんばんはとか、挨拶をしてくださる。

道で顔見知りのシベリアン・ハスキーと会い、彼をひとしきりなでて、道を家にもどってきたとき、この婦人に会ったことがあった。

「あれはハスキーですわね。飼ってらっしゃるわけじゃないのよね？」

「はい。ときどき会うので、なでさせてもらっただけです」

「わたしも、たまにお見かけするわ……」

と言って、つづけた。

「坊ちゃんですよね」

と。

言ってから、

「坊ちゃん、なんて言うと人間の子に言ってるみたいね」

と自分で笑われた。

その笑い方が、「善き人」という墨文字の、武者小路実篤の筆蹟（といっても、印刷された筆蹟なのだが）を思い出させ、きれいな石、きれいな小川、きれいなアツモリソウ、洗って乾いたきれいなタオル、そんなものにふれた心地がして、私は、

「こちらの犬はさわってもだいじょうぶですか？　いま、ハスキーの匂いが手についてていやかな」

と、拓郎を見たのだった。

「そんなことないと思うわ。うちのはほんとにおとなしいから」

そこで私は、40余年ぶりに日本スピッツをなでた。

シャフシャフーッとした真っ白の毛のてざわりが十本の指につたわり、その感触が40余年前に、脳のどこかにしまわれていた記憶を順にぱたぱたぱたと開かせる。

『別冊マーガレット』、『りぼん』の付録、タミーちゃん、スカーレットちゃん、京美ちゃん家《ねえ》の応接間、クラスの子の中でいちばんきれいなお母さん、エル、ふじ……。

白い毛をすべる私の指は警戒する。

耳に、あのカン高い声がよみがえっているのだ。キャンキャン！　ケンケン！　キャキャキャン！　ケケンケケン！

しかし。

ぢーっとしている。

私の手がふれる、シャフシャフーッとした毛の生き物はぢーっとしている。

「なんという名前なんですか？」

「このこ？　拓郎っていうんです」

「拓郎」の「たくろう」なのか、「卓郎」の「たくろう」なのか、字までは知らない。私の世代的に「拓郎」のほうが浮かんだので、以来、(勝手に）拓郎にしている。ついでに飼い主さんも吉田さんにしている。

「拓郎、拓郎、よしよし」

なでつづける。だが私はまだすこし、拓郎が吠えたり、引っ掻いたりするのではないかと警戒している。

しかし、ぢーっとしたままだ。

平成のスピッツは吠えない。まるで、京都駅近くで買ってもらった置物のように、ぢーっとなでられている。

（へえ……）

高見エミリーちゃんではなく、綾瀬はるかがほほえむ時代になったのだと、私はしみじみ感じた。

綾瀬はるかはハーフやクオーターではない。純日本人であるのに、前方に小さな顔と後方にちゃんと出っ張りのある頭部が、首から続いた上に付いていて、乳房が大きく、骨盤の位置が高く、色が白い。かつて「スタイルばつぐん」「ナイス・バディ」の代名詞になる芸能人は、水着やミニスカートやパンチラを引き受けなければならなかったのに、綾瀬はるかは、これらのアイテムいっさいなしで、芸術的なプロポーションであることは衆目の一致するところである。綾瀬はるかを見ると、私はいつも「隔世の感」とはこれかと思う。そこで、高見エミリーちゃんがほほえむ時代は過ぎ、綾瀬はるかがほほえむ時代に推移したのだと思ったわけである。

むだ吠えしない平成のスピッツをなでながら、

「昭和は遠くなりにけり」

と一句詠むのであった——。

さるほどに中村草田男※ならぬ中村草田女は、道で拓郎と吉田さんに会うと、ご挨拶をするようになった。

＊

そのたびに吉田さんのおっとりとしたやさしい佇《たたず》まいに接することができるのは日々の暮しのなかのたのしみであるのだが、拓郎のほうは、おとなしいというよりは、どちらかというと「もうおトシで」というかんじで、私のことをおぼえてくれているのかいないのか、はかりかねる。

あるとき、うしろから、

「キャンキャン！　ケンケン！」

と、昭和のスピッツのむだ吠えのマネをした。拓郎はビクッとして、私の持っていた大きなスポーツバッグの周辺をしきりに嗅《か》ぎ出した。

「ばかね、あんたは。別の犬がいると思ったんでしょう」

そう言う吉田さんに拓郎が気を取られたので、私はまた、

中村草田男　1901〜1983　俳人。「（降る雪や）明治は遠くなりにけり」作者

「キャンキャン、キャンキャンキャン！」

と、マネをした。

ビクッとする拓郎。おもしろいので、最近は、道で平成のスピッツに会うと、昭和のスピッツのマネをよくしている。

シャア

三毛猫

どうしてシャアを連れてこられなかったのか。

50年たっても悔やまれる。

学齢に達する前に住んでいた家に、シャアという猫がいた。雌の三毛猫であった。

「なに見てるの？」

だれか大人が訊いた。

四歳半の私は答えた。

「にゃんこのめえ見てるの」

「めえ」とは「目」である。関西弁では語尾がのびる。

「ほうか、めえ、見てるの？」

大人が笑った。

よくおぼえている。

冷凍庫のついていない、白いナショナルの冷蔵庫の前だった。

そこで私はシャアと向かいあっていた。かのじょの名前を呼ぶことはまれであった。シャアを指して、シャアについて他人に語るときは「にゃんこが」「にゃんこの」「にゃんこに」などと言った。

シャアと二人きりで、シャアにしゃべるときは、「マーブルチョコはもう、あらへんのよ」「今日は寒いな」「きむらやの子が来《き》はったん」などと、すぐに本題に入った。

にゃんこシャアの目は、ひとみが丸くなったり紡錘形になったりする。それが愉快で、私はよくかのじょの目を凝視していた。

引っ越しすることになり、大勢が手伝いに来た。ばたばたする作業中に、

「おい、猫をつかまえてんか」

わが家に何回か来て、シャアを何度も見かけているだれかが言った。彼はシャアが人なつこい猫であることを知っていた。

シャアのそばにいた人は、犬や猫を飼ったことのない人で、つかまえろと言われて、いきなりごいっと腕をのばした。彼はシャアが初めて見る人間だった。

シャアッ。

その名のようにシャアは高所に跳び、どこかに逃げてしまった。

いくら人なつこいといっても、家中がばたばたとただならぬ雰囲気に包まれているなか、初対面の人間が、モノを運ばんとするかのように、いきなり乱暴に腕をのばしてきたら、猫は逃げる。

引っ越し作業は続行され、「しかたがない、シャアは後日、さがしにこよう」ということになり、トラックは荷物と人を乗せて、新しい家に向かって発車した——。

——のだそうだ。

引っ越しの作業中、私は現場にいなかった。

「今日からここに住むんや」と言われて連れてこられた新しい家で、シャアをさがしまわり、「シャアは?」と問うた私に、大人がシャアがいない経緯を教えた。

今からすれば、大人たちは作業中に、私にシャアを呼ばせ、抱かせ、トラックの助手席にでもすわらせておけばよかったのである。すわっていなさいと怖い父から命ぜられれば、引っ越し作業が終わるまで、私は何一つ文句も言わず、そうしていたろうに。

大人たちはどうしてそうさせなかったのだろう。

五歳の幼児には務まらぬ大役だと思ったのだろうか。

内外《うちそと》出入り自由の、すきまだらけのガタピシの家だった。あの小さな家の周辺で、シャアがいつものようにひとりでのんびりしていたとき、私は保育園にいた。大勢がどやどややってきてシャアがびっくりしたとき、閉園となり、シャアが逃げてしまったところ、私は小梶《こかじ》さんの家にいた……ことになる。

その日は保育園の卒園式の日であった。五歳以下の子を預かるのが私立の保育園、小学校入学前の一年の準備期間として通うのが公立の幼稚園。当時住んでいた地域ではこんなとらえかたをしていた。小梶さんは幼稚園に入る直前と入って直後二カ月間だけ、私を預かってくれた婦人である。

小梶さんは名を、ソノといった。「ソノ」という名前は肉筆で書くと、「リー」と見えたり、「ノノ」と墨で書こうとしてぽたっと一滴たれてしまったように見えたりする。

「ソノ」と正しく見たところで、「ソノ」という名前自体が、斜めの棒ばかりで構成されていて、ボールペン試し書きか、今でいうなら「チェック入れた」かなにかみたいで、人の名前に見えない。

幼稚園児の私は、

「おばあちゃんはなんでこんな名前やの？」

と、何度もソノに訊いたものだ。そのたび、

「親がつけてくれはったさかいによ」

「きれいなお花が咲いたあるとこを思《お》もてつけてくれはったんやろうなあ」

とソノは答える。

「親がつけてくれた」はともかく、「きれいな花が咲いているところ」というのは、ボールペン試し書きのような「ソノ」の形状と、「園」「苑」とを一致させることができない幼稚園児には、「？？？」だった。

「園」「苑」と一致させることができない、ということを伝える語彙《ごい》が園児にはない。なもので、しばらく日をあけて、またまた、

「おばあちゃんはなんでこんな名前やの？」

と訊くわけである。

おばあちゃん、に見えた。園児の私には。だが、たゑ、櫻子の二婦人と同様、ソノ

も、今から、もろもろの状況を考えて計算するに、当時はまだ57、58歳だったのではないだろうか。もしかすると50歳、いや49歳だった可能性さえある。

『サザエさん』のフネを、現代の視聴者のほとんどが70代だと見ていると思う。しかし、フネは原作漫画では48歳という設定なのである。

フネや、たゑ、櫻子、ソノの年齢を錯覚するように、シャアとともに暮らした年月も錯覚しそうになる。

35歳と38歳はほとんど変わりがないし、52歳と55歳はもっと変わりがないし、81歳84歳はもっともっと変わりがないだろう。だが、高校1年と大学1年はずいぶんちがう。10歳と中1はもっと。

私がシャアと過ごしたのは、ほんの1年にすぎない。

しかし、世界のことを何一つ知らず、自分の身の回りが世界のすべてだと思うがゆえに、全世界を掌握していると信じているのが子供である。

かつて私にとって、シャアといることが世界であった。だから、15年くらい、ずっとシャアと過ごしたかんかくがある。

いつから父母はシャアを飼ったのだろう？　なぜ、どうやって飼うことになったのだろう？　知る人はとうにこの世にいない。

ものごころついたときから、シャアは私のそばにいた。

シャアと過ごした家は辺鄙《へんぴ》なところに建っていた。家のまわりには、子供も大人もいなかった。人がいなかった。

だからシャアは、私にとって、「自分より先に世界にいる者」だった。姉であった。

私はシャアに甘えきっていた。

＊

あの家……。

ガタピシの小さな家。

ござの、編んだ藺草《いぐさ》の目が見える。

ござ。地蔵盆や公民館での催しのさいに床に敷くようなござ。ぐるぐる巻いてあるのを、くるくると巻き戻して敷く、細長いござ。安物のござが敷かれ、押※しピンが、ところどころに刺してある。

押しピン　画鋲。近畿地方では画鋲と言わず押しピンと言う傾向が強いござの床に、東南の、上のほうから陽光がふりそそいでいる。

私は蹲《うずくま》っている。

ござ敷きの床にひろげた絵本を見ている。ママと坊やが本を読んでいる影絵のマークがついた、題名文字に金色をあしらった絵本の、開かれたページを。

左目のはしっこに、群青《ぐんじょう》色が見える。

群青色に黒が散っている。理科の教科書に載っている染色体のような模様の黒色が、群青色に散った陶磁器。それは火鉢。まだまだ各戸の暖房は火鉢が主流だったころ。

黒の散った群青色の火鉢の脇から、しゅーっと細長いものが出ている。黒と焦げ茶色が混ざった毛。シャアのしっぽ。

絵本に飽きた私は、腕をのばす。

細長いものを、摑む。

摑んで、ぐいーっと自分の膝のほうに引き寄せる。

がぎ。がぎ。がぎ。

シャアの爪がござの目にひっかかる音。

「来《き》い」

しっぽを引っ張られて、むりやり膝にのせられたシャアは、だが、私を引っ掻くことはない。

シャアは、私が何をしても、決して怒らない。

どんなときも、私のしたいようにつきあってくれる。

よって、はるか後年である。私が、猫という動物が、怒りや拒否の感情を示すにあたり、フーッと毛を逆立てることを知ったのは。

はるか後年である。私が、猫を飼う人の手の甲には、多少なりとも、引っ掻き傷があることを知るのは。

シャアは、じゃれてごく軽く爪を立てることとさえ、しなかった。ましてや怒りやわがままで爪を立てることは一度もなかった。私にも父母にも訪問客にも。

裏山にいくらでも木があったからか、家の中の壁や柱や家具に、シャアの爪痕は一カ所とてなかった。

ガタピシの家では、同時期に、犬も飼っていた。トンといった。黒い犬であった。

黒犬トンは、母が近寄るとうぅと吻に皺を寄せて不快感を示す。幼児の私にも、訪問客にも。だれでも、なでてやろうと手でものばそうものなら、ガウッと吠える。

私はトンに、洋服を何度破られたかしれない。気に入らないととびつき、強く引っ搔くので、破れてしまうのだ。

かとおもうと、きげんがよいときには、寄ってきて、私のそばでおとなしくすわったりする。母にも、訪問客にも。道ゆく人にさえも。

だから私はずっと思っていた。「猫は人になつくが、犬はなつかない」と。「猫は忠実だが、犬はわがままだ」と。

＊＊＊

夜はシャアといっしょに寝ていた。とても小さい部屋で、布団と、窓に沿った細長い台がある。台は動かせない。

動かせないのは、そこがもともとは調理をしたり食器を洗ったりする流しだったからである。小さい部屋は、もとは台所だった。改装して流しの部分にベニヤ板を張ったのだ。

ベニヤ板の木目の幅は狭く、日光の反射から中央がやや凹《へこ》んでいるのがわかるほど、ぺらぺらの薄い板である。

掛布団は、地《ぢ》の色はあぶらあげくらいの淡い黄土色。そこに平安神宮の鳥居の朱色で輪が描かれ、フェラーリの赤の赤色ででんでん太鼓が描かれている。

とても小さな部屋の壁紙は、たまご豆腐よりはもうすこし淡い色を地《ぢ》にして、はじかみの茎のような赤をさらに淡く淡くした色で丸い抽象模様を散らしたもの。丸い部分の一つだけを注視すると、森永マリービスケットの模様と大きさのようだった。

ベニヤ板を張った台に沿った窓は、南向きだったが、採光できても開閉できなかった。台所からとても小さな寝室に改築するにあたり、開閉機能をつぶしたのである。

理由は泥棒が入ったからだ。私は生まれてしばらくは、この家には住んでおらず、別の町に住む、両親とは別の人の家に預けられていた。

私が来る前に、両親だけがこの家にいた。そのころ、ガタピシのこの家は、道に向いたほうに（道とも呼べぬ、山の途中にぽっかりできた広場のようなところに向いたほうに）、セメントの、テラスというか軒下というかがあった。それに沿って磨《す》りガラスの入った大きな窓があった。磨りガラス窓の脇にドアがあり、それが玄関兼勝手口だった。

ドアを開けるとすぐ台所。道と直角をなして流しがあり、流しを通り越して、靴を脱いで室内に入るようになっていた。

泥棒は、道に面した大きな窓のガラスをすこしだけ割って腕を入れ、ガラス一枚を抜き取って、そこから中に入った……のだそうだ。

改装や泥棒にまつわることはみな、シャアを連れてこられなかった経緯を聞かされた二年ほどあとに知った。父や母が来客に話しているのを聞いて仕入れた情報である。

泥棒に入られて、大きなガラス窓が、人目《ひとめ》につく側に面しているのはぶっそうだと思った親は、テラス（軒下）を板壁で覆い、その板壁のはしっこに（もとの台所とは反対側のはしっこに）、玄関を新たに設けた。そこから入ったところに台所も新たに設けた。もとの台所にあった南向きの窓も頑丈にして、開閉できなくしたというわけである。

とはいえ、こんな改築をしたところで、侵入しようと企てれば、いくらでも侵入できる。のどかな防犯改築である。

このころは、あちこちの家に泥棒が入ったのだが、どれもみな、コソ泥、空き巣の類《たぐい》であったから、「出来心」を抑止する効果くらいはあったのだろう。

このころ、というのは、もうすぐ来る東京オリンピックに日本中がわいていたころである。まだ日本は物質的に貧しかった。一億総中流になりかけるのは大阪万博にわくころからで、東京オリンピック前は、貧しい者が貧しい家にコソコソ泥棒に入ることが、全国でおきていたのである。

ガタピシのわが家に侵入したところで、そこには盗むようなめぼしいものは何もなかった。

泥棒は、後《のち》にすぐ寝室に改装される台所のみずやにしまってあった「Ⓗ」の魚肉ソーセージ一本だけを盗《と》っていった。被害はそれのみで、犯人は捕まらなかった。

「あの家にはほんまになんにもあらへんかった」

大阪万博に国民がわきはじめたころに、母は言っていた。

「お米が一袋買えるていどのお金があったさかい、それだけ隠しておいた」

と。

そして指さした。

「あれや」

と。それは片手にのせられるくらい小さなトルソーである。

粘土を焼いて作った、焦げ茶色のトルソー。鼻の高い、白人男性のトルソー。スイスの旧20フラン紙幣の肖像画にもなったヨハン・ハインリッヒ・ペスタロッチのトルソー。

「あれ、中はがらんどうなんや」

そこにお金を隠しておいたのだそうだ。

「やっぱり守ってくれはったんや」

トルソーがペスタロッチ先生であったことで、母は、冗談ではなく、宗教的な信念にも似た感情を顔に漂わせ、

「教育の神様がわたしを守ってくれはった」

と言うのだった。

ペスタロッチのトルソーの話を、母は長年にわたり何度もした。

泥棒が入っても被害はないに等しく、わずかなお金をどこに隠しておいたか、その隠し場所を語るたびに、母の顔には笑みがたたえられた。

母も父も、家の中では、笑うことがほとんどない人であった。母の笑みという、そのめずらしさゆえに、私はその隠し場所となったトルソーを、母の死後も捨てずに、

今も持っている。

＊＊＊

ガタピシの家では、ペスタロッチのトルソーは本棚の最上段に飾ってあった。本棚は栃尾《とちお》のあぶらあげの色のような色をしている。釘《くぎ》も螺子《ねじ》も使わず、板と板をしっかり組み合わせることで仕上げられた本棚だ。こうした技術を持った職人さんが日本にあたりまえに存在したころの、「そのへんで買った家具」である。

栃尾のあぶらあげ色の本棚の右隣にも、同じ色みの本棚がもう一つあった。両開きのガラス戸。ガラス戸の裏には水色の布が張られている。そのむかし、よく食堂やカフェーのドアにほどこされていたような、シャーリングを入れた布を内側に張ったガラス戸。

二つの並んだ本棚。それと洋服ダンスがあった。本棚と洋服ダンスのあいだから細い廊下がのびて、廊下を進むと食堂に出る……。園児の私にはそう見えていたのだが、じっさいにはワンルームを二つの本棚と洋服ダンスと父用の大きなベッドで区切っていただけだった。

だが、そこに住んでいたときの小さな私の身体は、そこを〈廊下〉だと、ゆるぎないかんじていた。

〈廊下〉に沿って磨りガラスの壁があった。

壁がガラスなのは、そこが泥棒に入られる前は、道に面した窓だったからである。元は窓だったガラスの壁の、一方のはしっこには、観音開きの戸棚。そこには『家の光』と小倉羊羹《おぐらようかん》の色をした表紙の家計簿がしまわれている。もう一方には冷蔵庫。当時だから冷凍庫はついていない。

観音開き棚と冷蔵庫のあいだに、けっこう頑丈な細長い机が置いてあった。そこは読み終えた新聞を積み上げていくスペースになっていた。

新聞がたまると、屑屋《くずや》さんに出す。と、そこは、小さな私の身体がちょっとステキと感じてしまうような、カウチというかベンチというか、ナイスなニッチ《くぼみ》というか、「廊下に、時々、出現するスペース」になった。

ある夜。

私は、ふと思いついた。

（あそこで、二人でごはんをよばれたい）※

と。

（シャアのお盆をあそこに持っていって、二人で向かいあってごはんをよばれたら、なんやたのしそうや）

と。

シャアのお盆は、学校給食で使うような、アルマイトの、正方形のお盆で、そこに水を入れておいてやる茶碗と、それよりは大きな茶碗が常時のっている。

それはだいたい台所から室内に入る引き戸の脇に置かれている。が、その盆を、私は、廊下に出現したスペースに運んだ。

（今夜はここで、シャアと二人で、ごはんをよばれよう）

それは4歳半かそこらの園児にとって、ハッとする、非日常的なイベントに思われた。気まぐれな思いつきは、気まぐれゆえに、わくわくさせる。

私にとって、実父母と話すのが、ほかのだれと話すよりも、緊張することであった。

彼らが他界するまでずっと。

それでも園児のころは、幼さゆえに、学齢に達してから後よりは、その緊張の度合

※よばれる　食べる、の方言

い は低かった。

「今日は晩ごはんをシャアとよばれる」

私は言った。当時も、今も、通りにくい、人が聞き取りにくい音質の声で。

すてきにこそっとした空間は、食卓の、私の椅子の、斜め後ろ、ほんの1メートル半ほどのところにある。

私はシャアのアルマイトの盆の上に、自分のごはん茶碗と箸を運んで置いた。つづいて。

汁の入った椀を運ぼうとした。汁は液体。しかも熱い。こぼさぬよう、そろりそろりと、注意深く注意深く運んだ……つもりだったのだが、1メートルほどのところで、汁椀は園児の小さな手からすべって落ちた。

ばしゃっと、熱い汁が私の足にかかった。「馬鹿」か「阿呆」か「愚か」か、そんなような怒声が父の口から出た。

「猫といっしょに食べるなどと言いだすからだ」というようなことを父は言い、怒りつづけた。手の甲や足の甲にかかった液体の、熱さや気持ち悪さより、怒る父の声の痛さに、耳をふさぎたくなる。だが、手が汁で濡れており、耳のほうに持ってゆけない。こんなとき母は決して私に味方してくれない。父の言うとおりだというようなことを言う。多勢に無勢だ。

うつむく私を、アルマイトの盆の前で、足をきちんとそろえてすわったシャアが、それはそれは気の毒そうに見ていた。

猫である。家に密着して飼われていた猫である。犬ほどではないにせよ、家内のヒエラルキーを察知する。だから、私を気づかったのではなく、たんに飼い主のトップに位置する存在の怒声におびえて、竦《すく》んでしまっていただけなのかもしれない。

だが。

身長１０８㎝の私がうつむくと、床上30㎝の位置でおすわりをしているシャアの顔はぐっと近くになり、その近距離で目と目が合うと、「私を気の毒そうに見てくれている」と映ったのである。

そして、もしかしたら本当にシャアは、「だいじょうぶ?」と気づかう人類並の高度な意識まではゆかずとも、猫のレベルなりに私を心配をして、見てくれていたのかもしれない。

シャアは当時の私にとって、姉やであった。

私は猫ではない。人間全員、猫ではない。だから猫の気持ちは本当にはわからない。あくまでも私にとっては、シャアは姉やであった。やさしい姉やであった。

＊＊＊

汁椀を落しさえしなければシャアと向かい合えた〈廊下〉のはしっこにあった戸棚に、羊羹色の家計簿とともに入っていた『家の光』。

『家の光』は、大正末期に創刊された農家向きの雑誌である。農協を通じて配布されていた。2013年の某月某日である今日、インターネットで調べた。農業を専門とする人とその家庭に向けた雑誌なのである。それを、農家ではないわが家が、しばらくとはいえ「とっていた」のはふしぎだが、当時の田舎の町のことだから、農協勤めの小梶さんとのつきあい上、とることになってしまった、といったところだったのだろう。羊羹色の家計簿は『家の光』の付録だったのかもしれない。

園児の私は当然、『家の光』を読んでいなかった。ただ鮮明におぼえているのは、武田のプラッシーのカラー広告。『家の光』にはこの商品の広告が入っていた。当時の印刷技術では、カラー広告も粉をふいたような発色であったが、1960年代、まだ清涼飲料水の種類が少なかったから、瓶入りのみかん色のプラッシーは、紙上でおいしそうに冷えて見えた。

さて幼児というものは頻繁に発熱したり咳きこんだりするものだが、ガタピシの家は、人気《ひとけ》のないところに建っており、すぐ近くには病院はなかった。具合が悪くなると、自転車をぎこぎこ漕いでいった先にある「田辺小児」に行った。

どぶ川に沿った、間口狭く、奥のほうへのびた、細長い、狭い医院である。戸を開けるとすぐに白いカバーをかけた丸い患者用の椅子があり、黒い椅子に田辺先生が聴診器を首からぶらさげている。あとは書類（カルテ？）が乱雑に置いてあるだけの、本当に狭い医院だった。

「プラッシーを飲んでください」

診察後には、田辺先生はプラッシーをすすめた。たっぷりの水分補給の意味ですすめただけで、飲むのはプラッシーでなくても、湯冷ましでも、よかったのだろう。

だが当時、「バヤリースはお菓子の汁だから虫歯になるが、プラッシーは本当のみかんを搾ってあるから健康によい」みたいなイメージが（一部のあいだかもしれないが）あったのと、プラッシーが米穀店ルートで販売されていたのとで、私は混乱して、「プラッシーはお医者さんにかからないと入手できない飲み物」であると思っていた。

田辺先生は、俳優の小山田宗徳※にそっくりのドクトルだった。

やさしくおおらかな理想のパパの雰囲気のドクトルだったので、注射をされることになっても怖くなかった。

ことほどさように、園児の私は、

（あそこで、二人でごはんをよばれたい）

と、廊下にできたスペースに惹かれたのである。

プラッシーをついでくれるやさしいパパを想起させる『家の光』がはいった戸棚。姉やのシャア。あそこでごはんをよばれたら、どんなにええやろ。夢みたのである。

居るのが良い場所を。

＊＊＊

『家の光』も、シャアも、次の家では消えてしまった。

※小山田宗徳　連続ホームドラマ『グーチョキパー』で医師の父役を演じて人気

羊羹色の家計簿と、戸棚は、運ばれた。

家計簿は引っ越ししてほどなく捨てられたが、戸棚はずっと残った。

２０１１年10月。戸棚が置かれていた家は壊され、駐車場になった。

戸棚は、残した。もう幼児ではない私は業者にちゃんと頼んだ。この戸棚は壊すな、残してくれと。

戸棚は小梶さんの家の二階にある。ソノさんの遠縁にあたる小梶弘さんの家の二階。滋賀県湖南にある三世帯同居の大きな家で、大きな庭もある。倉もある。倉を改装して次女さんが喫茶店を経営されている。この倉の二階の一画を、私はトランクルームとして借りた。ここに戸棚を運んだ。

黒に近い茶色の戸棚である。高さは１メートル弱。現代のメラミン多用の家具に比べるとずっしり重い。昭和初期に購入したというだれかから、さらに父だか母だかが譲り受けたものだ。

戦前にはそこらじゅうにあったという、表面がおこしのように細かくでこぼこしたガラスが嵌《は》まった戸がついている。戸は両開きで、下には二つ並んだ抽斗《ひきだし》がついている。

この戸棚をじーっと見つめていると、私の瞼《まぶた》の裏によみがえる。この戸棚の上で、この戸棚の脇で、香箱をつくってすわっていたシャアが。その細めた目が。指によみがえる。柔軟な骨。「来《き》い」と引っぱったときのしっぽのなめらかさ。抱っこしているのか抱っこされているのかわからなくなるほど互いに密着したときの、あたたかな鼓動。

古くなり、もう蝶番《ちょうつがい》がゆがんでうまく閉まらなくなってしまった戸棚に向かって、私は名を呼んでみる。

「シャア」

なぜ、シャアといっしょに引っ越せなかったのだろう。

われわれが、わずかな家具とともに去ってから、あのガタピシの家でシャアはどうしていたのだろう。ペスタロッチのトルソーのようにがらんどうになった家で。

小学生の放課後は、ことに１９６０年代の、田舎の小学生の、学校がひけてからの時間は、塾にも行かず何の習い事もせず、とても長かった。あの長い時間を、もしシャアとともに過ごせていたら、私の情感の落ち着きは、ものすごくちがっていたのではないか。悔やまれる。

それでも。

それでも、シャアを「過去のものとした」のも、私自身なのである。

空き家となった真っ暗な家にシャアをさがしにいき、その暗さに恐れ、そくざにシャアを過去のものとした。かのじょがしなやかに跳ぶようにシャアッと、私はかのじょと別れた。

子供の時間はとても長く、子供の愛はとても脆《もろ》い。

グレースとミー

ゴールデン・レトリバーとサバトラ白猫

儚《はかな》い子供の時間に、濃密にいっしょにいた猫のシャア。

年月を経ても、シャアとの時間はすこしも色褪《いろあ》せず、「なぜ、いっしょに連れて来られなかったのか」という無念さが、むしろ増している。

その原因は、犬とちがい、猫については、シャアとの接触だけが、強い記憶だからだと思う。

犬は、引っ越した先の家でも何匹も飼ったし、上京してからも間借《まが》り先にいたし、間借りでなくなってからは、つねに「借飼《しゃくし》」していられた。

だが猫は「借飼」できない。猫を散歩させている人にはまず出会わないのだ（過去に二人だけ会ったことがあるが）。

「猫を飼っている人の家に遊びに行けば？」

という案は、かんたんそうで、たいへん難しい。

行く側ではなく、来られる側の身を想像すれば、難しいことがわかると思う。

「自分が、だれかを、自分が暮らしている場所に、入れる」

この行為は、たやすくないだろう？

火災報知機の点検、ガスの点検、こんなことに業者さんがやって来るだけでも、けっこうたいへんではないか？

猫を飼っているとだれかから聞くことは、よくある。だが、その人の家に「遊びに行く」ということを実現させるとなると、諸事情により、実現を阻まれるはずである。よしんば家訪問が叶っても、猫自体が、家族以外の人間が家に来るとものかげに隠れてしまうことが多い。

その困難な、猫の「借飼」が、短時間ながら、叶った。

２０１４年の１月のことである。これは本書中、もっとも最近のことである。後続の章とは時間が前後するが、先に綴ろう。

私は小説を書いて地味に生計をたててきたのだが、２０１４年の１月に直木賞を受賞した。その年はあわただしかった。

1月22日（水曜）。

晴れ。

あわてて起きた。

11時に、分倍河原駅などという「なんて読むの？」と思う駅に行かなくてはならないのだ。上京約35年。同じ首都圏なれど自分の行動半径や住環境にはなかったエリアだ。そういう所は実際以上に遠方に感じる。あわてる。

1月16日（木曜）の夜からあわてつづけている。

次から次へとしなくてはならないことがやってくる。

ずっと忙しい生活を送っていた人は、忙しいことに慣れているのだろうが、私は2014年1月16日までは、生来ののろまにフィットした生活を送ってきたので、いきなり「次はこれ、その次はこれ」と急《せ》かされる状態」になると、わけがわからなくなる。

せめて10歳若ければ、てんてこまいもまたたのしくこなせたかもしれない。が、なにせもう若くないので、忙しいと、身体より頭が疲れる。複数同時に原稿を書かねばならぬなか、「あれ、これは、どこの会社になんのテーマで書いてるんだっけ？」と混乱して、意識朦朧《もうろう》としてくる。

忙しいのは一時的なもので、しばらくするとまた、うすぼんやりした生活にもどるのだろうが、ともかく、1月16日から6月末までの時期は、ものすごく忙しかった。おそらくこれまでの人生の中でももっとも忙しい時期だったと思う。

こんな特例的忙中期でなかったら、いくらなじみのないエリアといえど、午前11時に分倍河原駅に行くのは、すこしもあわてる必要のないアポイントメントだった。

だがこの朝は、忙中期でも、さらに忙中オブ忙中、忙しさMAXの朝だった。前夜は、夜というより明け方にあわただしく風呂に入り、あわただしく髪を洗い、あわただしく乾かし、髪の毛が熱を含んだままあわただしく寝た。だから布団から出た私の髪はバサバサにバクハツしていた。

明け方に就寝したため、起床時間が大幅にずれこんでいる。早く身支度せねばならない。今日の分倍河原でのアポイントメントは、

「オールの仕事」

だ。これだけ頭に入っている。

「オールで犬と写真を撮る」

と。

「オール」というのは『オール讀物』という文藝春秋発行の文芸誌のことである。学校の教科書くらいの判型で、分厚い。教科書二冊分くらいの厚さ。

長い歴史のある文芸誌であるが、文芸誌というものは現代の世では、いたってぢみな存在だ。カラーはお酒や贈答品の広告くらい。そこにちょっとモノクロのグラビアページ。あとはひたすら字字字。ざらばんしのような紙に字字字。

字字字の中に写真が入るページもあるが、ざらばんしのような紙に印刷されてあるから粒子も粗く、鮮明とはいえない。

私はもうかれこれ25年くらい市民体育館やジムの類に通い続けているが、ロッカーやサウナ（プール採暖室）で、なにかのきっかけで『オール讀物』と誌名を発しても、読んだ人どころか、こういう雑誌があることだけでも知っていた人の数は……、ジャーン。発表する。0人だ。

「なにそれ？　巨人軍ファンの雑誌？」と訊き返されたことも二回ある。私の声は聞こえにくい音質のため、「よみもの」が「よみうり」と聞こえるらしい。

そんな文芸誌『オール讀物』の担当編集者は上杉昇さん。目鼻だちが輝くばかりにノーブルで、小顔ですらりと八頭身。彼がだれかに名刺を渡せば、もらった相手はみな「モデルか俳優でやっていけたろうに、なぜぢみな文芸誌の編集者などをしておられるのですか」と首をかしげるという。

しかし、上杉さんの外見はモデルか俳優でも、中身は大学卒業以来、文藝春秋という女性向きヴィジュアル・ファッション誌を出していない出版社に勤務してきた男性である。出版業界に身を置く人にかぎれば「文春には『ＣＲＥＡ』があるではないか」と言うかもしれないが、『ＣＲＥＡ』は文春の雑誌の中では写真ページは多いものの、ファッション誌とは言い難い上に、上杉さんはその『ＣＲＥＡ』にも配属されたことがない。

よって上杉さんはヴィジュアルページというものの厄介さを実感していない。いや、このさい、ベタな、奥行きのない表現に換えれば「女心をまるでわかっていない」。

右2行は、この章の核心となる伏線なので、よくおぼえておいていただきたい。

1月20日に、上杉さんは私に言った。

「犬といっしょにいるところを写真に撮ります」

だから私は思った。

「オールの仕事で犬と写真を撮る」

と。

だから続けて思った。

「たいした支度はいらない」

と。

日本全国で売られる雑誌に自分の外見を撮った写真が出るとなったら、撮影前にはそれなりに気を遣うのが、自然な女心であろう。なにも「高名メーカーの高価な服飾品を身につけなくては」的に気を遣うということではない。シラガを染めるとか、前日の深酒は避けるとか、爪を切るとか、入れ歯の人だったらポリデントにつけておくとか、男女問わず「そのへんくらいはきちんとしておかないと」的な面での「気を遣う」だ。

しかし。今日は「オールの仕事」なのだ。字字字のざらばんしのページに、ほんのちょっとモノクロで、粒子の粗い写真が小さく出るだけなのだ。だから思ったのである。たいした支度はいらないと。

それより今日の仕事においては、私が注意を注ぐべきは犬だ。初対面なりに犬と私が仲良くならないと、カメラマンの仕事の足を引っぱってしまう。だから私が気にしたのは、犬のことだけだった。

「何犬《なにけん》？」

「ゴールデンだそうです。ぼくが直接知っている人ではなく、編集部でツテがあって借りられることになって」

「ゴールデンか、なら大丈夫ですね」

＊

ゴールデン・レトリバーという犬種名は、20××年なら、たんに「ゴールデン」でわかるほど日本人になじみのある犬種になった。

が、1979年以前はそうではなかった。「ゴールデン・レトリバーはかわいいなあ」などと言おうものなら、「ふん、そんな難しい名前の犬知らないね」と、なにやらブランドかぶれ（血統書付き純血犬しか興味ない）みたいに受け取られたものだ。

ゴールデン・レトリバーという犬種名を、私は1974年に、犬についてのムック※

で知った。

大判の、全ページカラーのムックは、アメリカで出版されたものを日本語版にしたもので、いろいろな犬を、図鑑のように順に紹介するものだった。ドッグとカタログを合わせて『ＤＯＧＬＯＧ』と題されていた。

それぞれの犬の、サイズや犬種としてのなりたちが紹介されているのだが、いちいち、子守に適するか否かについての記載がある。この項目が印象的だった。犬について、子守に適しているか否か、１９７４年の日本の高校生だった私は気にしたことがなかったからだ。

ゆえに私は、「子守に向き」とされていたことでゴールデン・レトリバーという犬種名を頭に刻んだのである。「番犬には不向き」だとも書かれていた。

子守に向き、番犬には不向き。なるほど、いかにもそんな顔をしている。ゆりかごから赤ちゃんが這い出したら、オールインワンのベビー服の背中あたりをクシュクシュとくわえて、うんしょと、もう一度ゆりかごにもどしてくれそうだ。泥棒が留守宅に侵入して、ゴールデンが目前に現れても、ちっとも怖くないのではないか。「やあ、こんにちは、いらっしゃい」という顔をしている。

ムック　雑誌のような造りの書籍

１９８０年代に入るとこの犬種は、日本でもめきめき人気が高まってゆき、私も今日までに何匹、何十匹もの、ゴールデン・レトリバーをなでさせてもらう機会があった。私の体験にかぎっては例外なく、『ＤＯＧＬＯＧ』の記述のとおり、人なつこく、おっとりして、かしこかった。

分倍河原に行こうとしている今朝より一カ月程前のクリスマス・イブの礼拝の帰りにも、夜道を歩いている私に向こうからタッタッタッとゴールデンがやってきて、くんくんとすりよってきた。「ごめんなさい。歩いている人を見つけると遊ぼう遊ぼうって寄っていく癖があって……。これ、おひきとめしちゃご迷惑でしょ」と、飼い主さんはリードを引っ張ってくれたが、イブの夜道、私はしばらくいっしょに遊んでいたくらいだ。

＊

こんな背景あっての、

「ゴールデンか、なら大丈夫ですね」

の発言である。

初対面の私にもフレンドリーに接してくれるだろうし、その様子をカメラマンが撮っても、情緒も落ち着いておっとりしていることだろう。

1月16日から、ゆっくり食事したり寝たりする暇もないあわただしさのまま、この朝も私はあわてて布団から出た。あわてて湯船に頭をつきだして顔を洗った。おんぼろ家の洗面所は壊れていて水が流れないため、顔を洗ったり歯を磨いたりするときは、風呂場で、頭を湯船につきだしての動作になるのだ。

分倍河原でゴールデンと仕事をする前に、原稿を一本上げていかないとならない。パジャマにコートを着てPCに向かい、家を出る寸前まで書いた。

ぎりぎりまで書いていても問題ない。支度はかんたん。犬用の勝負服を着ればいいだけだ。ざらばんしのような紙に粒子の粗い写真が出るだけなのだから（……と、このときは思っていたのだ）。

出るべき時間の2分前。

バサバサにバクハツしていた髪を、30円のゴムでひとつに括《くく》り、ヒートテックのインナーとフリースのセーターと米軍のカーゴパンツ。それに10年前に買った、もう袖口がぼろぼろのモッズコートだ。初対面の犬への気配りとして、もちろんノーファンデ、ノーアイブロウ、ノーマスカラ、ノー口紅、ノーコロン（犬の鼻には、ファンデ、口紅など化粧品類に含まれる香料は不快な臭い）のうえ、この日は保湿ジェルさえノーにした。

「ゴールデンは人なつこいから顔を舐めてくることもあるからな」

こうされることを大いに期待しての、正真正銘、顔を洗っただけの55歳の顔で、「雑誌の撮影」に臨んだのも、「オールだから」だ。もしかしたら目脂《めやに》がついていたかもしれない。ぞんざいにバタバタと湯船に頭をつきだしての洗顔だし。

1月22日は快晴だったが寒かった。マフラーを巻いて走って駅まで行った。くたびれきったマフラーは、これまたモッズコートを買った10年前に100円ショップで買ったもの。支度時間2分でゴーだ。

＊＊＊

分倍河原の駅で上杉さんと待ち合わせた。して、この駅、【ぶばいがわら】と読む。

同行者は上杉さんのほかに、カメラマンの加賀さん。

重い機材をいつも担ぐ成果か、それとも学生時代にラグビーかレスリングでもやっていたのか、がっちりした体格の、磊落《らいらく》な雰囲気の男性である。

上杉さんと加賀さん。オードリー・ヘプバーンとブリジッド・バルドーにはさまれたようになって、私はPさん（飼い主さん・50代男性）宅に伺った。

オードリーとバルドーという譬えは「二極のタイプにはさまれて」と言わんとした。男性を女優に譬えるのはわかりにくいでしょうか。換言しましょうか。レタスサラダ（上杉編集者）と鶏唐揚げ（加賀カメラマン）ならわかりやすいでしょうか。

「いらっしゃい。はじめまして」

にこやかにドアを開けてくださったPさんに、

「おはようございます。今日はお世話になります」

「ごめんどうなことをお引き受けいただき、ありがとうございます」

「よろしくお願いいたします」

われわれが挨拶をすると、

「おーい、グレース」

Pさんは二階に向かってさっそくゴールデンを呼んでくださった。

わん、わんわん。

訳すならば「だれ？　だれが来たの？」という犬の声がして、金色の長毛の犬がおりてきた。

「グレースっていうんですね。グレース、こんにちは」

私と犬を撮ってもらうのだから、まず、私がグレースとうちとけないといけない。ここは積極的にと、丹田《たんでん》に力をこめて大きな声を出した。

わん（こんにちは）

ゴールデンはもともとが「いつもちょっと笑ったような顔」をしている。それがいっそう笑い顔になって、グレースは吠えた。

だが。

その笑い顔は私に向けられなかった。私のほうは見向きもせず、私の横を、さっと素通りして、一直線に上杉編集者に頭をすりよせ、しっぽをふる。まさしくスルー。

「はは、よしよし」

モデルか俳優でやっていけると会う人がみな感嘆するルックスの上杉さんが、頭をなでると、グレースのしっぽは、より活発に往復する。

わ～ん（いらっしゃい～）というかんじだ。

上杉さんのうしろから、

「かわいいですね」

と、加賀カメラマンが言うと、
わんわんわん。

グレースのしっぽの往復はさらに高速となった。

「加賀さん、すごく好かれてますよ」

と上杉さん。

「動物と子供には好かれるんですよ。もっと成人女性に好かれるとよいんですが」

加賀カメラマンが声を出すと、しっぽの往復速度はさらに増す。肛門の上で固定された、毛足の長いゴールデンのしっぽが左右に高速で往復するため、※ジュリアナの扇子のようだ。

わんわんわん（こんにちは♡　こんにちは♡　こんにちは♡）

グレースは加賀さんのふとももや腹に頭をすりつける。

ジュリアナの扇子　バブル期に人気のあったディスコ、ジュリアナ東京では、女性客が羽根扇を持って踊った

グレース嬢の好みは、レタスより唐揚げのようだ。いずれにせよ私のことはスルーだ。

しかし1月22日。忙中オブ忙中、忙しさMAX日である。分倍河原での仕事のあとはすぐにまた、別のスケジュールが入っている。分倍河原は府中市。都心まで移動時間がかかる。はやく撮影をすまさねばならない。

「では公園と遊歩道と神社で撮影をしましょうか。グレースのリードをひいてやってください」

Pさんは気を遣ってくださり、私にリードを持たせてくださった。だが、三カ所の撮影場所に向かうあいだも、

くいん（今日はたのしいわね♡）

くんくん（うれしいわ♡）

くんくん（このあたりはお好き？♡）

グレースは頭をすりよせる。

ただし、すりよせる相手は、4割＝主食（飼い主P氏）、3割＝唐揚げ（加賀カメラマン）、2割＝レタス（上杉編集者）。三角食べだ。

残り1割も私にあらず。定期テスト中なのか短縮授業なのか、何組かの男子高校生が道を歩いてくる。と、そくざにグレース嬢は彼らにすりよっていく。

「グレース、ほら、あっち行こう」

私がドッグビスケットを出しても、

くぅーん（あら、もう学校終わったのン♡）と、私のことはパーフェクトスルーだ。

もちろん、撮影中も、

「では、向こうからグレースといっしょに走ってきてください」

との指示で、

「じゃ、グレース、行こうね」

私が話しかけても聞いてもくれない。

まっしぐらにPさんに向かって走るのは、飼い主さんだからこれはしかたないとしても、Pさんがグレースのとなりで伴走しても、まっしぐらに唐揚げ（加賀カメラマン）をめざしたり、レタス（上杉編集者）をめざしたり、通りかかった男子高校生三人組や、男子大学生二人組に向かってゆくのである。

今日にかぎったことではなく、幼いころから私は、人からあまり好かれない人間であることに気づいていた。

人から好かれるとはいかなることか。それは別のところ、別の場所で詳《つまび》らかにしてきたし、これからもするだろうが、本書本章で1行で換言するならこうだ。

【私は犬が好きだが、犬が私を好くことはまずない】

近所の犬見《いぬみ》においても、犬のほうから寄ってきてくれることはまずない……との旨、これまでに何度か書いたなあと、しみじみ思い出す分倍河原。

「やっぱりゴールデンって人なつっこいんですねえ」

レタスと唐揚げは二人で感心しているが、私としては、

「いくら相手が、人好きのしない私だといっても、こんなに人なつこくないゴールデンははじめてだ」

と感心するしまつ。

こうして屋外での撮影は終わり、次は屋内での撮影をすることになった。Pさんは猫も飼っておられる。

さて、遅ればせながら、本日、なぜ私がかかる仕事をすることになったか。受賞作『昭和の犬』には、犬だけでなく猫も出てくる。この作品に合わせて、著者と犬、著

者と猫、の2パターンを写真に撮ろうと、これが今日の「オールの仕事」なのである。

温かな性質の犬種として代表的なゴールデンと冷めた撮影をしたあとに、気まぐれな動物の代表とされる猫と撮るというのは、

（なんだか、ますます自信を失うような……）

と思わないでもなかったが、なにせ忙中なので、「スケジュールをこなしていかねば」というタスク感のほうがまさり、私はコートを玄関先に脱いだ。

すると。

廊下の隅で、サバトラ白猫がこちらを見ている。

（小さい足……）

猫の足は、犬より、とくにゴールデンのような大型犬の足より、ずっと小さい。小さくてまんまるい。

猫の、あのまんまるい、小さな足は器用に開ける。蓋《ふた》を。人が、胸の奥にしまって忘れていた、その人自身もはっとするほど甘い気持ちをジャムにした瓶《びん》の、その蓋を。

だから、蓋を開けられた人はつい、柄《え》の長いバースプーンで、自分が胸中の奥に隠していたジャムを、ぺちょっとひと掬《すく》いだけ、掬って舐めてしまう。

私もジャムを舐めてしまった。はっ、甘い。

私は、Ｐさんにサバトラ白の毛の猫の名前を尋ねた。

「ミーです」

グレース嬢とレタスと唐揚げがソファにすわるリビングから、Ｐさんは声だけを廊下に投げてくださった。

＊

（そうか、あいつはミーというのか）

快晴である。

陽光が射している。

廊下に射している。

廊下は細長い。

一月の陽は細長いところを白黒に分けている。

陽《ひ》のあたる白い部分。

あたらない黒い部分。

白い部分に、ミーはいる。

冬の昼下がりの光の中に、ミーの腹の毛の白は溶けている。

前にも見た。

同じようなすがたを、私は前にも見た。

ずっとずっと前。

五十年より前。

泥棒に入られても盗る物は魚肉ソーセージしかなかったガタピシの家の、樫《かし》の食卓が置かれた部屋を背にして、上がり框《がまち》にしゃがんで右を向くと、セメントの床がのびていた。

細長い。

細長いところ。

細長い向こうに、鉄のピストンポンプ。そのさらに向こうに戸。

戸が開いている。

快晴だ。

開いた戸から、光がないぶを射している。ないぶすべてを射さない。開いた戸から射せるぶんだけ。

細長いところは白黒に分かれている。

陽のあたる白い部分。

あたらない黒い部分。

姉やがすわっている。戸から出たすぐのところ。香箱ずわりをしている。姉やの毛の、三毛模様の、白い部分だけが光に溶けている。

私は呼ぶ。

姉やを頼るように。

はいはい。答えるように、みー、と三毛猫は鳴く。

私は安心する。

とても安心する。

泥棒が魚肉ソーセージを盗んでいったガタピシの家は、ポンプのあった細長いところも、雷おこしのようなガラスの嵌まった戸棚のあったところも、オルガンのあったところも、樫のテーブルのあるところも、ないぶはすべて不安だった。ないぶに住んでいた、父と母こそが、なによりも私を不安にさせた。

いっしょにいてな。

私は姉やを頼った。

みー。

三毛猫が鳴く。

しっぽを摑んで引き寄せても、おなかから掬いそこねて落しても、桃色の肉球をぎゅうぎゅうしても、なにをしても、どんな私のわがままにも、ぜったいに怒らない姉や。

そばにいてな。

いっしょにいてな。

それだけを求めた。

「だからあの三毛猫は姉やだったのだろう」

自分で自分を見ると、たちまち、時間は一気に50年を飛び、こちらにもどった。

五十五歳の今、私は毎朝、手の指がこわばり痺れる。腰がつっぱり痛む。快晴でも、今日のように寒い日には膝がきしむ。なに、みなたいしたことはないのだが、ただこんなことは若いころには決してなかった。たしかに私は年をとったのだ。

射す光が、ないぶを白黒にくっきり分けていたあの日、私は毛糸のパンツをはいていたことだろう。幼女は毛糸のパンツをはくものだった。毛糸のパンツでくるまれた尻を框におろし、私は顔を右に向けて見ていた。猫を。

1962年。

2014年。

1962年。

2014年。

時間が大きく振幅する。私はどっちの時間にいるのだろう。

「ミー」

教えられた名を呼ぶ。

とこ、とこ、とこ。

一歩進んでは私を見、また一歩進んでは私を見て、サバトラ白の猫がやってくる。

私は廊下に仰向けになる。

廊下にべちゃっと低くなった人間を前にしたミーから、警戒心がやおらなくなり、小さなまんまるい足が、私の肩にかかる。カリッと、爪が私の衣服をこする音がし、そしてミーは私の胸の上に乗った。

「……」

私はかのじょを呼ぶことはせず、そっとかのじょの小さな頭と耳の裏を指先でなでた。

みー。

小さな声でミーは鳴いた。

私がころんと身を反転させると、ミーもしなやかに私の胸から下り、私の顔の横で、おすわりをした。

「ミー」

呼んでみる。

ミーは、自分の名が発声された口を、ふしぎそうに見た。

見たその瞬間。そこを、加賀さんのカメラがとらえた。

加賀さんは甲賀忍者のように、いつのまにか廊下の隅でカメラをかまえてシャッターに指をかけていたのである。

＊＊＊

写真は『オール讀物・2014年3月臨時増刊号』に大きく掲載された。

猫好きな人ならだれもが、胸中のジャムの瓶の蓋を開けてしまうだろう、猫というものの、すこし哀しい警戒心を、みごとにかわいく撮ったショットであった。

しかし、なんということか！

カラーではないか。

つるつるの紙のカラーページではないか。しかもミーとの写真も、グレースとの写真も、ものすごく大きい。全ページまるまるカラーグラビアである。

しかも表紙には「完全保存版」と銘打ってある。そもそも表紙が私である。

知らなかった、こんなこと。自分が表紙になるなどレタス上杉はひとこともおしえてくれなかった。

自分の写真が表紙になるなどということは、人生にそうあることではない。そうあることではないどころか、まずあることではない。その宝くじ的な機会に、私は目指がついてたかもしれないほどぞんざいに顔を洗っただけで、バサバサの髪を30円のゴムで括って、10年前に買って袖口がすりきれて糸が出ているコートに、やはり10年前に100円ショップで買ってくたくたになったマフラーを巻いて出たのだ。あちこちに老いが出た身体で。

つるつるの紙にカラーで撮影する、完全保存版の仕事ですよと、事前にちゃんと説明してほしかった。せめて顔をちゃんと洗うくらいの支度はしたいと、男女を問わず願うのではないか。女心がわかっていない以前のような……。

さすがは文藝春秋の編集者だ。偉い社長や偉い先生（年とった男）と人気アイドルと旬の女優、タレントがカラーページを占める雑誌の多い出版社なものだから、ビジュアルアセット※が乏しい女を写真撮影するにあたっての社内マニュアルがないにちがいない……。

＊

ところでグレースだが、数カ月経った今、つらつら惟《おもん》みるに、発情期だったのでは

ビジュアルアセット＝造語
visual：視覚面の　asset：財源

ないかと。

発情期の雄犬は生理中の女性にやたらすりよっていくから、雌犬も発情期には「ああん、男の臭い〜」という感覚になるのではないか。

動物学的な正解はともかく、2014年1月22日は、私の犬と猫についての原体験的な日であった。

生まれてはじめて近く接した犬は、父以外にはまったくなつかない偏狭な性格だった。かたや生まれてはじめて近く接した猫は、人前でお産をするほどオープンでおっとりとして聡明だった。

そのため長く私は、犬＝わがまま、猫＝人なつこい、という認識でいたのであるが、この日の撮影は幼児期の認識の再現のようであった。

Pさん宅の廊下でなでたミーの、小さなまるい足と、小さな頭蓋骨の感触を思い出すと、まるで今がまだ1962年のような心地になる。みー。私が頼った声が向こうで聞こえる。

マロン
雑種

２００６年に、時はもどる。

その犬の名前が「マロン」であることを知った。

知った、２００６年、などと言っているが、便宜上である。「たしか、それくらいのころだったかな」というていどのことだ。

このころ、私は疲れていた。

いくつかの原因が重なり、疲れが溜まりに溜まっていた。近所の道で犬を見かけると、じーんとした。

もともと犬は好きだった。滋賀にあった家でも飼い続けていたし、上京後も犬を飼っている家に間借《まが》りしていたし、一般的な賃貸住宅（犬飼い禁止の）に移ってからも、犬見《いぬみ》をしていた。

しかし2006年の、犬を見かけたときの反応には、たんにたのしいという気分を超えたものがあった。腰にホカロンを貼ったように、じーんとするのだ。

「癒す」という語が流行して長く、気軽に使われすぎているとハラをたてている私だが、しかたがない、使う。このころの私は、犬を見ると、じーんと癒された。道を歩くとき、犬に出会わないだろうかと、疼《うず》くように求めていた。犬に出会うために表に出て行った。

マロンに初めて道で会ったのは、まさにこのころだった。

ひとめ見た瞬間に、

「あっ、かわいい！」

と思った。！は一つではすまない。！！！くらいつけたいくらい、かわいい犬だった。

さて。

先にはっきりさせておくべきことがある。「かわいい犬」という表現である。

かわいい犬。こう言っても、どんな犬を「かわいい！」と感じるか、人によってちがう。

洋服だって、靴だって、映画だって、人の顔だって、それに対する感じ方は、人それぞれだ。こと犬に関しては、先にはっきりさせておくべきである。

なぜなら、世の中には、チワワをかわいいと感じる人がものすごく多い。

私はチワワをかわいいとは微塵《みじん》も感じない。そういう感受性（センス）の私が「かわいい」と感じた犬がマロンだったということを、先にはっきり明記しておくべきである。

チワワをかわいいと感じないという告白は、かわいいと感じる人を不愉快にさせる。まことに申しわけない。

だが、かわいいと感じているふりをして、かわいいと感じる人と接したために、ますますチワワがかわいくなく見えることとなった過去を省みて、明かすほうを選んだ。チワワにはチワワのよさがあろう。それを感知できない鈍いセンスのやつなのねと看過されたし。

マロンは、私がかわいいと感じる外見的要素をたくさん持った犬であった。

名がマロンだということは、道でひとめ見ただけのときにはもちろん知らない。あとで飼い主から教えてもらったのだが、マロンという名前が示すように、毛の色が茶系。

茶系の犬に惹かれる傾向が私にはある。茶色にもいろいろある。淡めハトロン紙の色、きな粉をちょっと炒った色。これくらいの茶色の被毛の犬に惹かれる傾向がある。子供のころに一番よくいっしょに遊んだ犬がこの色の毛をしていたからだ。

マロンは、マロンというくらいだから、炒りきな粉の色よりは赤みがかっていた。焼栗の皮の色ではなく、栗きんとんの色に近い。左前肢の膝から下と、右後肢の膝下が白い。

サイズ分類すると中型犬に属する。

私は大型、中型の犬に惹かれる傾向がある。犬の大中小の区分は、なにか確固たる規定があるのだろうかとすこし調べてみたのだが、団体や組織によってちがうようで、わりと曖昧である。私は次のように区分する。

特大型犬＝グレートデン、土佐犬、セントバーナード、バーニーズマウンテンなど。

大型犬＝ラフコリー、ジャーマン・シェパードなど。

中型犬＝ボーダーコリー、ダルメシアン、イングリッシュ・セッターなど
小型犬＝マルチーズ、ジャック・ラッセルテリアなど

そして、ヨークシャー・テリア、チワワ＝これを私は「ミニチュア犬」と（勝手に）呼んでいる。

マロンは中型犬としては、やや小さめだったが、毛足が長めなので、実寸より大きく見えた。だから、よけいにかわいく見えた。

耳もかわいらしく垂れている。

耳については、垂れ耳に惹かれる傾向がある。もちろん柴犬や甲斐犬のようにキッと屹立《きつりつ》しているのも元気で明るいかんじがしていいのだが、垂れ耳の犬は、なにかに注意したり興味を示したりするとき、耳の動きがわかりやすいので、表情が豊か——といっても、はなはだ人間が勝手に思い入れした見え方なのだが——なので惹かれる。

バセットハウンドやコッカースパニエルほど大きくベターッと垂れてしまっていると、この特徴は減るが、半分立って半分垂れてるくらいの垂れ耳だと、この特性がよく出る。

マロンの耳がこれだ。

シュナウザーほどはっきりとしたボタン耳の半垂れではない。「垂れ耳なんだが、ちょっと立っている」くらいで、顔をこちらに向かせる角度や、首のかしげ方で、耳の立ち具合が変わる（変わって見える）ため、表情がさまざまに変化する（ように人間には見える）。

しっぽはオッター・テールで、肛門は見えない。オッターというのは獺《かわうそ》（otter）のこと。

犬のしっぽにはいくつかの種類がある。

・巻尾（カールド・テール＝巻いて上を向いている）
・鎌尾（シックル・テール＝横から見たとき、鎌の刃を立てたようにシュウッと上を向いている）
・獺尾（オッター・テール　しっぽの部分だけ見ると、獺の形に見える。下向き）
・らせん尾（スクリュー・テール　豚のしっぽのように短く曲がっている）

しっぽについても、その上がり具合や下がり具合が場面でちがうほうが、動作表情が変化するので、私は獺尾や鎌尾に惹かれる傾向がある。

マロンの目は丸い。

犬の目について、私は、日本犬のようなつり目でも洋犬のような丸い目でも、形状についての好みはない。「訴えかけるような瞳」に弱い、としか言えない。

「訴えかけるような」というのは、多分に主観的なものである。たとえば新宿にある探偵社のポスター。この会社は犬を自社宣伝に使っていることで首都圏では有名で、ポスターにはいくつかのバージョンがある。うち、横向きのものが、人間の身長を感じさせる位置を見上げた構図になっていることから、いかにも「訴えかけるような瞳」をとらえていて胸を打つ。この探偵社のポスターはどのバージョンも、犬の愛らしさをとらえて、とらえすぎて、ポスターを見た人は、犬に胸を打たれるばかりで、なんの会社の宣伝だということに気づかないのではないだろうかと他人事ながら心配になるほどだ。

この探偵社の犬とマロンは、犬種も被毛色も異なるが、目は同じ。「訴えかけるような丸い目」をしていた。黒に近い茶色の。

ことほどさような外見をしていたマロンであったので、私ははじめて道で見かけたとき、

「あっ、かわいい！」

と思ったのである。

マロンはお爺さんが連れていた。

＊

「なんという名前ですか」を18回くらい言って、やっと「マロン」だとわかった。相当に耳の遠いお爺さんだった。

なでさせてもらったが、「道ですれちがった」という関係性では、接触していられるのはものの1、2分である。すぐに、マロンとお爺さんは立ち去った。

後日に再会した。

以降、何度も何度も。

お爺さんは何度会っても私をおぼえてくれなかった。マロンは二度目からおぼえていてくれた。

そのうれしさと幸せを、私は数年後に小説の中に組み入れたのだが、今から思えば、これは宝くじ的なめぐりあいだったのである。

飲み会に参加して、恋が芽生えることなどまずない。ましてや道を歩いていてすれちがって、芽生えることなど。

むろん、会食でも電車や道路でも、軽い好意を抱く異性に会ったり見かけたりすることはあろう。だが会食はともかくすれちがっただけでは、再会はまずない。道ですれちがいざま好意を抱いたからといって、茶でも飲まないかと声をかけられる人は、世代を問わず僅少《きんしょう》だろうし、茶を飲まないかと誘って、相手が承諾する確率となるとさらに低くなる。

会食の席なら連絡先を教えあえるかもしれない。後日に一度くらい再会することもあるかもしれない。が、ほとんどの場合は、それどまりだ。

数少なく、その次の段階に進む男女もいよう。が、セックスするような展開になったところで、その交際が充実して長続きするかといえば、これまたほとんどの男女が、続かない。

ロマンチックな甘い恋愛映画や漫画にあるようなきっかけ——街の角でぶつかったり、海辺で風にとんだ帽子を拾ったりするようなふとしたこと——により、それまでは見知らぬ二人が、「ひとめあったそのときから互いに惹かれあう」などということは、人生にはまずないのだ。すみません。

だれに謝っているかというと、若者に、である。ふふん人間なんて人生なんてと斜に構えながら、自分だけを愛してくれる異性を得る機会が特別に自分にはやってくると思いがちなのが若者であるが、すみません、人生にはそんなもん、まずない。しかし、ないとは言わない。まずないと言う。まずないから、めずらしくあったことが綴られた恋のドラマは魅力的なわけである。若者にも、若くない者にも。

マロンは犬である。マロンとのめぐりあいを綴った『昭和の犬』という小説も、『近所の犬』のこの章も、恋愛物語ではない。なのにわざわざ恋を譬えに出したのは、私が「犬は好きだが、犬からは好かれない」人間だからである。

この事実は幼いころから私を、自己否定の人格にした。こうした人格の影は、つねに恋愛の障害となった。遠距離だとか年収だとか親の反対だとか倫《みち》ならぬ関係だとか、そんなものよりはるかに恋や性愛を破壊するのは、自己否定の人格である。

犬のほうから好かれることはない私を、マロンは好いてくれた。とてもなついてくれた。

宝くじ的な希有《けう》なめぐりあいだった。

２００６年から数年のあいだ、私は疲れていた。

きっと神さまが、マロンとめぐりあわせてくださったのだろう。

よその人の飼い犬であるマロンに私は何かをしてやったわけではない。マロンも何かをしてくれたわけでもない。ただ道でマロンと会い、マロンにふれるたび、じーんとしたのである。

ロボ

シベリアン・ハスキー

２００×年。

夏だった。

七月に入ったばかり。

家を出たすぐ先の四つ角。

黒灰白の被毛の尻としっぽ。

どきん。心臓が大きく打った。

あの特徴ある毛具合はシベリアン・ハスキー。あまたの犬の中でも外見のかわいさはトップクラスの犬種。ハートをぎゅうとわしづかみにする。

家の周辺で、このかわいい犬種を見かけるのは初めてだ。

ああ、待って。どうか待って。祈りながら運動靴の紐を結ぶ。

早くしないと。大型犬だから、歩幅が広い。早くしないと行ってしまう。

しかし焦るせいか、こんなときにかぎって、紐が指からすべる。手元を見ずにハスキーのいる四つ角のほうを見ているからだ。犬は大型、連れている人は小柄。

連れているというより、連れられているように見えるのは、犬の動作が勝手気ままだから。まだ子供なのだろう。まだ1歳かそこらにちがいない。体だけ成犬サイズになったものの、外を歩きまわれるのがうれしくてならない、ちょかちょかした歩行。

（よし）

やっと靴紐が結べた。小走りするスタンバイをしたが、目標犬との距離はすでに20メートルに。

道で会った犬&飼い主にナチュラルに声をかけるのはきわめて難しい行為であると、すでに述べた。20メートル離れたところから声をかけるのは、きわめて非ナチュラルだ。だがやむをえない。

「すみませーん」

躊躇《ためら》いをふりきり、私は非ナチュラルに声を出した。

「体だけ成犬サイズになったものの、中身はまだ仔犬のシベリアン・ハスキー」などならない。

という、人心蕩《とろ》かすかわいい存在が、いまそこ、目に見える先にいるのだ。逃しては

「すみませーん」

喫茶店で居酒屋で、店員を呼びとめても99%聞き逃される音質である私の声。連れている人は気づかない。が、人間の耳は聞き逃しても、犬の耳は聞き逃さないらしく、黒灰白の毛の体が止まった。

犬が止まったから、連れている人も止まった。犬と人間がふりむいた。

なにか言わねば。呼びとめたのだから。

「シ、シベリアン・ハスキーですよね」

芸のないひとことが私の口から出た。

「そうです」

連れている人は30代だろう男性。突然の足止めにも、にこやかに応じてくれた。

「かわいいですね」

「おい、かわいいって」

連れている人はハスキー犬に顔を向ける。ハスキーはまず彼を見て、それから私を

見た。かわいい顔。シベリアン・ハスキーという犬はなんてなんてかわいい顔なんだろう。見つめられると脈拍が一気にアップする。

「さわってもだいじょうぶですか？」

「ぜんぜん、だいじょうぶです」

許可を得て、かわいいかわいいハスキー犬の前で私はしゃがんだ。なでる。かわいいかわいい犬は身をすりよせてくる。私などにこんなふうにするとは、きっとこいつは人なつこい性格のやつなのだろう。硬めの短い毛。両手でなでる。もっとすりよせてくる。両手でかこむようにしてなでる。もっともっとすりよってきて、私の腕の中できゃっきゃっとはしゃいで動く。目の前に顔が迫る。とんまな顔。かわいいかわいいかわいい。

さて、「とんまな顔」という形容について語る必要がある。

私のセンス（感知針）は、ハスキー犬を「とんまな顔」と感じる。

『魔法使いサリー』という日本動画《アニメ》史不朽の名作がある。あの動画に出てきたカブ。私のセンスが「かわいい」と感じるMAXはカブだ。

カブというのは「他人の家の柿の木にのぼって、その家のカミナリ親父から、コラーッと怒られる顔」をしている。こういう顔がかわいい顔だ。とんまなかわいい顔。

カブのかわいさが100カブなら、いま目の前にいるこのハスキーは90カブ。ゴールデン&ラブラドールも90カブ。アメリカン・ショートヘア猫で80カブ。フラットコーテッドレトリバー、アイリッシュセッター、オールドイングリッシュシープドッグも80カブ。柴犬70カブ。プードル3カブ。ポメラニアン1カブ。チワワはマイナス99カブ。ところが小型犬でもマルチーズならびにビション・フリーゼは80カブ。なぜなら以前、この犬種を飼っている家に間借りしていたため。よくなついてくれた。仲良くなれば、カブ値はすぐに上がる。それくらいのいいかげんな値だ。

「なんという名前ですか?」

「ロボです」

「あっ、知ってる」

私は叫んだ、つもりだが、私の声の音質は人間の耳に聞こえない。ロボの耳だけがぴくんと動いた。

「あっ、知ってる」というのは、初対面ではないという意味である。まだ小寒いころに会った。数町離れたところに『弥次さん喜多さん』という、店名だけ江戸風味のブリティッシュ・カフェのランチが、おいしくて店内全面禁煙だと聞いて、大家の鶴田さんに自転車を借りて十分漕いで行った。「ほんとだ、おいしい」と感心して、自転車を漕いで帰るさ会った。

そのときはまだ7カ月か8カ月で、体もひとまわり小さく、もっともっと子供っぽかった。バンダナを首に巻いてもらった姿は100カブ。かわいいのなんの、身悶えするほどかわいくて、自転車からおりて名前を訊いたのだ。シベリアン・ハスキー＝狼っぽい外見＝狼王ロボ、という連想でおぼえていた。連れていたのは今、私の前にいる人ではなかった。もうすこし年ゆきの男性だった……。

しかし、こんな思い出を、聞き取りにくい私の声で語られても相手は迷惑だろうから、

「男の子ですね」

私は無難に流した。

「そうです。やんちゃです」

「ロボ、よしよし、ロボ」

名前を呼んでやると、ロボはよりいっそう私にじゃれてきた。

「いい匂い～」

黒灰白の被毛からは柑橘ノートの香りがただよう。

「いま、シャンプーしてやったばっかりなんですよ」

ドライヤーがわりに散歩に出たのだという。

「何歳ですか？」

「今月の末で満一歳です」

やはり年齢的にも『弥次さん喜多さん』の帰りの遭遇と一致する。

「さっき道でアラスカンですかって訊かれたんですけど、俺、アラスカンって見たことなくて。このへんで飼ってる人、いるんですかね」

シベリアン・ハスキーとアラスカン・マラミュートは毛の色合いが一見似ているため区別がつかないと言う人がいる。しっぽがちがう。ハスキーは巻いておらず、マラミュートは巻いている。シルエットもちがう。おおむねマラミュートのほうがずんぐりしている。が、ヒトにも痩せ型・がっちり型・でっぷり型がいるように、一概には言えない。

こんなことをしゃべってから、私はロボを連れている人に、住まいは『弥次さん喜多さん』の近くなのかと訊いた。

「そうです。あの店のすぐそばです。今日はとくべつにこっちのほうまで散歩に連れてきたんですよ」

「へえ」

そうか。『弥次さん喜多さん』は家から離れているが、家から出たすぐの道を北へまっすぐ一本だ。北へ向かって散歩していればまた会える可能性がある。

「どうもおひきとめしまして」

私は彼らに踵《きびす》を返した。

あまりに長くしゃべりかけるのは迷惑だろうし、不審を抱《いだ》かせてしまう。しょせん私は犬を飼っているわけではない、ただの通りすがり。心惹かれる犬に会っても「また会えますように」と念ずるくらいしか手はない。

＊

そこで一年とちょっと経ってしまった。

ロボとの再会までには。

エアロビクスの遠征※で田町の港区スポーツセンターに出かけて帰ってきて、改札を出た。駅前の人ごみの中に黒灰白の毛が。

『好きこそものの上手なれ』という。好きだと0・01の近眼でも、ターミネーターの目のようになって犬を発見できるようだ。

人ごみの中を黒灰白の毛が、とっとこと、と歩いている。

「ロボ……」

いつも小さいがさらに小さな声だった。シベリアン・ハスキーはロボだけではないのだから。

しかし。

クルッ。

ロボはふりむいた。

目が合った。

「わん」

一吠えした。

遠征　住まいから離れた町にある、ホームグラウンドではないスタジオに行ってレッスンを受けること体が大きいので、クルッとふりむけば、しっぽも大きく動き、連れている人もゆすぶられる。

くぅん。

鼻声を出す。きゃっきゃっとはしゃぐように前肢を動かす。もういちど吠える。

「わん（そうだよ！）」

と（私には）聞こえる。

「ロボ」

私ははっきりと名前を呼んだ。

ロボは私に突撃してきた。がばっとジャンプして前肢を私の肩にかけて、抱きついてきた。

ゴングン、ゴングン。これははげしくゆすられるしっぽがガードレールの金属を打って共鳴する音。

「いやだ、コワイ」

「ママ、あの人、だいじょうぶ？」

駅前を行き交う人の中には、私にいきなり跳びついて肩に前肢をかけるハスキー犬を見て、怖がって小走りで去っていく人や、心配そうにする子供がいた。

シーズー以上のサイズの犬はすべて怖いと感じる人も世の中には少なくないから、「改札を出てきた人が、駅前を散歩中だったオオカミのような犬に襲われている」と映ることもあるかもしれない。

そう映ったとしたら、それもわかる。シベリアン・ハスキーはとんまでかわいい顔をしているが、見ようによっては怖い。そんな顔なのにとんまだから、かわいいかわいいと、私には映るのだ。

「おう、よしよし。ロボ、ロボ」

私は劇団四季のミュージカルほど大きな動作でロボを褒め、大袈裟になでた。ロボはよろこんでもっとしっぽをふり、私の顔を舐めた。

はっはっ。

大きく息を吐くので、口が開き、キバのような歯があらわになって、笑っているように見える。

ハスキー犬は左右で目の色のちがうものがよくいる。が、ロボは両目ともにヘイゼル。被毛の白い部分は、パレットにしぼったばかりの絵の具のジンク・ホワイトのように真っ白だ。

「いつも、これくらいの時間に散歩されてるんですか？」

ロボの顔舐めにより、私は連れている人にナチュラルに訊くことができた。

「今はそうです。おやじさんの都合とか学校によって変わるんです……」

「おやじさん？　お父さまがお飼いになってらっしゃるんですね」

「あ、いや、その……、父親じゃなくて社長なんです」

お金持ちの社長さんがロボの飼い主で、連れている彼は、犬の散歩係として雇われているとのこと。社長さんはロボを、プロのドッグトレーナーの学校にも入学させていて、ロボは定期的にその学校でほかの犬たちと合宿トレーニングを受けるのだそうだ。

「平日ですと、だいたい今くらいの時間に○○通りから、この駅のほうに向かってきて、××通りへ抜けていきます」

「なるほど。じゃあ、またロボくんに会えますように」

連れている人にお辞儀をし、

「ロボ、バイバイね。バイバーイ」

私が手をふると、

「わん（うん）」

ロボは一吠えした。

「うん」と言う意味で吠えたのではないかもしれない。私にはそう見えたから、そう言ったことにする。そのほうが、日々の暮しが明るくなるというものだ。

＊＊＊

さらに半年かかった。

三回目に会うまでは。

駅からちょっと行ったところにある横浜銀行の手前を歩いていた。

私とは向かい合うかたちで、向こうから彼らはやってきた。

「あ、ロボ」

うれしかったので、声はいっそう小さくなる。喜怒哀楽の感情がふだんより強くなると、私は無表情になってしまう癖がある。声も小さくなってしまう。

しかしロボは大きく一吠えした。

「わん」

しっぽをパタパタパタッとふるやいなや、ダッシュし、そこに障害物競走の1メートル高のハードルがあるかのように、びゅんっとジャンプして私に抱きついてきた。

どっしーん。

横浜銀行の駐車場（駐車はゼロ台）のアスファルトに、私は尻をついた。

あたりまえだ。雄の、個体的に大柄の、二歳のシベリアン・ハスキーにジャンプ・ハグされたら大きくころんでケガをする。

尻をつくだけですんだのは、ロボのジャンプの気配で、私がとっさに身を低くし、尻をつく準備をしてかまえたからである。

「わん、わん（どうしたの、どうしたの、なんで、ここにいるの？）」

はなはだ自分に都合のよい犬語訳だが、ロボがおもしろがっているのはたしかだと思う。肩にしがみついて私の顔を舐める。私は横浜銀行の駐車場のアスファルトに仰《ぎょう》臥《が》してしまった。

「わん、わん（きゃっ、きゃっ）」

はしゃいで吠える。

二歳半の犬にしては、仔犬っぽい。ロボは性格的に多分に甘えん坊なのだろう。それと、ここだけのはなしだが、人間に譬えると学校の勉強はダメというタイプ。

たらし犬である。

漢字で書くと、誑し犬。ヨミはタラシケン。

私の造語だ。意味は、ついついなんでも許してしまうしぐさや表情をする犬のこと。猫の場合は、誑し猫。こちらヨミはタラシビョウ。

語源は、男たらし、女たらし、から。

用例＝若くてイケメンで学校の勉強は苦手の甘えん坊のロボはたらし犬だ。

「よし、ロボ。ようし」

ロボの太い首に両腕をまわし、背中をぽんぽんとたたいて、私はかれの下から這い出して立ち上がった。ここでロボのかわいさ判定は95カブにアップしている。

これだけ派手に再会をよろこびあったので、私は散歩係さんに、思い切って自己紹介をした。自己紹介といっても、なにも血液型だとか星座だとか休日は何をしているだとか合コンでするような自己紹介ではなく、苗字と、住環境により犬が飼えないので他人の犬を見るのがたのしみだと言っただけだが、思い切ったのは、この次だ。

散歩係さんとケータイの番号を教え合ったのである。

『弥次さん喜多さん』のある町から、私の住まう町のほうへロボと散歩する日には、駅近くまで来たらケータイに電話をかけて教えてもらうためだ。

「3時以降なら、ロボの散歩につきあえると思いますので……」

積極的にアピールした。梅原さんが私のことを「へんな人だな」とか「ちょっとキモチ悪い」とか思おうが、「いいや、もう、このさい」と私はあきらめた。それくらいロボはたらし犬なのだ。

＊＊＊

誑しといえば私は、昔の話を読むのが好きだ。もとい昔の話しか読まない。江戸末や明治初めの大衆向きの話に、男たらしな娘・女たらしな若者というのがよく出てくる。男たらしな娘には初老の男が、女たらしな若者には初老の女が、入れ揚げて、持ち金をすっからかんにされて捨てられたりする。例をあげればこんなふうだ。

――生まれてこのかた、つまらぬやつだと陰口を叩かれるほどまじめに暮らしてきた男が、五十になんなんとするころ、家から一丁ほど行った先の大店《おおだな》の、あるじの遠縁とかで、しばらくだけ奥を手伝いに来た飯炊きを見初《みそ》めた。はたちになるかならぬかというとしごろの娘である。

なるほどなかなかの器量。だが、このとしごろであれば、番茶も出花。どんな娘もみななかなかの見栄えなのであり、出花にも何かひとつついてこそなのだが、この娘ときたら、つむりが芳しからず。肝心の奥の用事の要領がとんと呑み込めぬ。ならば心ばえはいかがかというに、こちらもよいとは申せぬ手合い。

されど朴念仁《ぼくねんじん》は気に入り、いや朴念仁ゆえに気に入ったのか、ぞっこんになった。

金品を貢ぎに貢いだあげく、ある日、娘は大店の下っぱ丁稚《でっち》に入ったばかりの男と逐電《ちくてん》。

あとには、これまでちびって貯めた金を、すっかんぴんにしちまった、まじめ一本の男がひとり残されたとさ――

だれのなんという作品ということではなく、こんなふうな話が、ときどきある。いわゆる「大衆好みな売れセン」だ。現代でも映画やドラマや小説や漫画にある。

ただ、現代劇として描かれていると、翻弄されるほうの哀れさが目立ち、辟易《へきえき》することがよくある。だが昔の文体で書かれていると、とりわけ江戸末〜明治初期の文体で書かれていると、畳に行灯《あんどん》、体臭を吸い続けた布団の臭いや衣擦《きぬず》れの音、といったウェット感がただよってきて、ふしぎとしみじみする。

（いやさ、みなさま、世の中にゃ、かかる話は、いやほどあらァなァァ）

と、村祭りの舞台で見得切る旅の一座の役者ふうに。

（いやさ、みなさま、ロボの話はずっとつづいておりまさあァァァ）

と、お断りの見得も切って、先をつづける。

男たらし・女たらしと呼ばれる輩《やから》に不可欠の要素が一つある。ルックスのよさ？　ちがう。外見はあるていどよかったらそれでクリアだ。ときには平均点以下の誑しだっている。

頭のよさ？　ちがう。切れる頭を使って他人を誑す輩は、女たらしだとか男たらしだとかは呼ばれない。詐欺師と呼ばれる。犯罪者になる。

では答えを。浅薄、だ。思慮浅く、感覚や発想も底が浅いこと。

これが誑しの条件である。本人には相手を翻弄しているつもりは毛ほどもないのだ。だから相手はふりまわされ、ふりまわされるから夢中になってしまうのだ。

たらし犬ロボからケータイに電話がかかってきた。

もちろん梅原さんがかけているのだが、こちらの気分としては、ロボからかかってきた、とかんじる。

＊

「もしもし、いま××交差点にいるんですけど……。あと10分ほどで、前に会った横浜銀行のへんを通過しますが……」

「わかりました。横浜銀行前で待っています」

私は外出の支度をした。

対犬仕様の勝負服に着替える。
●丈夫＝とびつかれても爪でピーッと破れない。もしくは破れてもかまわないもの。
●洗濯しやすい＝汚れてもすぐ洗え、すぐ乾く。
●運動靴に似合う＝犬といっしょに走り回ったり、犬散歩中の人に遭遇できるようあちこち歩き回るためにはヒールなどとんでもない。

よって、米軍カーゴパンツに安売りのシャツ、冬場なら丈夫なモッズコート。モッズコートは2000年に無印良品で買ったメンズ商品で、ボアインナーがとりはずしできるので、真夏以外は、ほぼ毎日着ている。そのため袖口はすりきれ、自宅で洗濯しつづけたせいか色も褪《あ》せて黒というより灰色になってきた。しかし刑事コロンボのように着続けている。買い換えたくても廃版になってしまったのだ。似たようなものを探しに探すのだが「ポケットのラインが斜め・フードの取り外しが自由・膝頭までの着丈」のモッズコートは見つからない。

ロボから電話がかかってきたのは夏であったので、褪色したモッズコートははおらず、カーゴパンツのポケットにドッグジャーキーを入れて、私は家を出た。

ドッグジャーキーは全犬種用のソフトタイプ。無添加。こういうときのために常備しているのである。

＊

横浜銀行の駐車場で待っていると、来た、来た、来た、来た。かわいいかわいいロボが梅原さんと歩いて来た。

「ロボ」

「わん」

パッと顔がこちらに向いた。

犬の「わん」には、そのときそのときで、調子に差がある。私のほうに顔を向けたときは、そんなに喉を開かず、「あ、こんちは」くらいの「わん」だった。

「ロボ、おぼえてる？」

私は背中をなでた。

ロボは肩にとびつこうとした。梅原さんがリードを引いてとめた。

「よし、いいこだ」

私はポケットに手を入れる。カシャと、プラスチック袋の音。ロボの喉がクインと上に向き、

「わんわん（なに？　何かくれるの？）」

ハスキー犬特有のビー玉のような瞳がキラキラする。

「わん（はやく、ちょうだい）」

ロボははやばやとおすわりをする。

「こらもう、おまえは。こういうときだけ、お利口にしやがって」

梅原さん苦笑。

「これなんですけど、あげてもいいですか？」

私はドッグジャーキーのパッケージを梅原さんに見せる。各犬には各飼い主がこれと決めたドッグフードがあるはずだから、私の立場の者が勝手にやるわけにはいかない。

「わわわわん、わわわん（早く、早く）」

「こら、待ってろ」

梅原さんはロボに言ってから、パッケージに記された原料をチェックする。

「ああ、これならだいじょうぶです」

「よかった。じゃ、ロボ」

ジャーキーをやる。ぱくっと一嚙み。

「わん（もっと）」

「早いねえ、ちゃんと嚙んだ？」

ジャーキーをやる。ぱくっ。

「わんわん（もっと、もっと）わわわん（もっとちょうだい）」

ヘイゼルの瞳で見つめられると、一袋どころか一ダースでも二ダースでもジャーキーをやりたくなってしまう。

「おわり。そんなに食べると、おまえ、太りすぎになるから」

梅原さんは歩きだした。

「これから△△公園のほうまで行きますが、いっしょに来られますか？」

わん（はいっ）と、私も言いたくなった。道ですれちがう犬との接触は、1、2分か、運がいいと5分が関の山である。散歩に同行できるなど、なんと幸運。

ロボといっしょに小躍りするように、私は道を歩き始めた。

「ハスキーって、もっと目が青くないですか？　茶色でも青みがかった茶色というか。ぼくにはそんなイメージがあるんですけど」

梅原さんは言う。

たしかにロボの瞳の色は黒に近い。両目とも。目の色だけでなく、頭蓋骨も平均的なハスキー犬より大きく丸みがあり、顔つきもバタ臭いというよりバター醤油味で、和風がかっている。

△△公園についた。ロボはシーソーを跳び越える遊びや、落ちていた空気の抜けたボールを梅原さんと私が交互に投げてとってくる遊びをした。しばらくするとオナニーをしかけた。

成犬の雄犬は、しかるべき相手の雌犬にめぐりあえないとオナニーをする。オナニー時の代替物は、人間のあしが、これまで私が見てきたデータでは、多い。飼い主（人間）が椅子にすわっている。飼い主があしを組む。と、ぶらんとしたほうのあし（脚から爪先《つまさき》にかけて）に跨《また》がるのである。飼い主の膝のほうに顔を向けて跨がる。前肢を飼い主の膝や太ももに置き、後肢をちょこまかとあしぶみするようにさせて、勃起した性器を、あしに擦《す》りつける。

△△公園で遊んでたのしかったのだろう、ロボは興奮して、ジャングルジムにもたれてあしを交差させていた私でオナニーをしようとした。

「ロボは何歳になりましたか？」

「二歳と七カ月です」

人間ならアラサーだ。それで童貞だと、なにかと不便でしょう。……と言いそうに

なったが、

「飼い主である社長さんは早くロボにお嫁さんを見つけてあげないといけませんね」

と、ぼかし表現にしておいた。

セックスしたと言わず、エッチしたという言い方が私は大嫌いだ。猥褻《わいせつ》ではないか。

しかし、梅原さんと私の関係では、ぼかした表現にすることで、距離を保つべきである。礼儀とはそういうことであろう。

なにせ私は梅原さんに、通りすがりでケータイ番号を訊いたり、散歩時間を訊いたり、尋常ならざる急接近をしているのだから、これ以上の不躾《ぶしつけ》は避けねばならない。

私のあしでオナニーをしようとしているたらし犬を、

「おい、ロボ。おい、こっちこい」

梅原さんはリードを引っ張って、剝がそうとする。ガムテープでくっつけたように剝がれない。

すると。

突然、剝がれた。

ぷいっ、と。

どうしたのかと、私も梅原さんもロボの行く手に目をやった。すぐわかった。プードルが散歩に連れられてきたのである。漫画に出てくる「記号としてのかわいこちゃん犬」のようにピンクのおリボンをつけてもらった白い※トイ・プードルだ。

「わん（やあ、カノジョ）」

ロボはどろどろのオナニーをしかけたとはとうてい思われぬ――いやまあ、どろどろではなかったのかもしれないが、こう言ってやったほうがむしろロボも恥ずかしくないかと思ってさ――無垢《むく》な笑顔で雌プードルに駆けよった。

プードルのほうはセーブぎみの反応。

ロボはプードルのまわりをスキップする。せめて出現したのが※スタンダード・プードルならまだしも、相手はトイ・プードル。なものだから、大きな図体で、ブリブリの小型犬のまわりをスキップするそのさまたるや、まさしく、

「やにさがって、デレデレするアラサーの童貞」

の図だ。

しょせん飼い主ではない私は、こういうとき、現れた雌犬に太刀打ちできない。

トイ・プードル　小型犬
スタンダード・プードル　中型犬

「おまいさん、あたしゃね、わかってるんだよ、だれか、いい人ができたんだろ、ねえ、おまいさん……」

　江戸情緒で△△公園を立ち去った。

＊＊＊

　このあとも何度かロボは、私のケータイに「今から行くから」と連絡をくれた。会うとロボは、ジャーキーはないのかと吠え、やると私にとびついてしっぽをふり、オナニーへと移行した。

　これは大衆話でいうと、

「女たらしの男が、気まぐれに年増女を呼び出し、料理屋でさんざおごらせたあとセックスして、終わったら金をせびる」

の図である。しかし、誑しとは、相手を、「それでも、わかっていても、許してしまう」ようにさせてしまう輩なのである。

　私がよく読む昔の話では、こうして誑された初老の登場人物は、貢いだあとは捨てられて、うらさびしくサクレクール寺院の軒先で北風に吹かれていたり、深川の橋の下で泣いていたりする。はてさて、このあとやいかに。その前に別の犬の話を……。

ラニ

黒ラブラドール・レトリバー

２００６年の夕方。

寒いころであったか、暑いころであったか。

２０１３年暮れの今となっては忘れてしまった。２００６年であったかどうかも、本当ははっきりしない。とても疲れていた時期のことだ。いつから疲れたのか、何年何月何日何時何分からだなどと言えるものではない。

マロンに会ったのと同じころだ。

駅前。

小さな駅に小さな広場。小さな植え込み。小さな不動産屋。木製のベンチだけはわりに大きい。

ベンチにお爺さんがこしかけていた。

はっきりしたお爺さんだ。お爺さんか小父《おじ》さんかと言い方を迷うことのない年齢の男性。

達者なお爺さんだ。

はじめて見たのに達者だと思う。

ベンチにこしかけているだけで、達者な霊気を放っている。

銀髪で、額が若干広くなってはいるが、禿《は》げてなく、腹も出ておらず、痩せ型。

あしを組んでいる。右の足首を、左の膝にゴイッと乗せるような組み方。そして煙草を喫《の》んでいる。さもうまそうに。その喫みっぷりが「うめえ」だ。

「お爺さん」より「爺さん」のほうが似合う。

「おう、八《は》っつぁん、どうでい、最近の調子は」

……とかなんとか、しゃべりそうな爺さんだ。

あしもとに犬がいる。

探偵社のポスターの犬。黒いラブラドール。リードの先を、爺さんは持たずに、べれんと、コンクリートの地面にうっちゃっている。

「ちょっと飼い主さん。だめじゃないですか、リードはちゃんと握ってないと」と注意されることなど、これまで一度もなかったのか、あるいは注意されたところで、そのときだけ握って、すぐにまた「へへっ、うるさいこと言いっこなしってんだ」と放してきたのか。

いずれにせよ、爺さんは、己の喫煙タイムを、文字どおり満喫するのに没頭していて、当然しごく、あたりまえにリードをべれん。

犬も犬で、爺さんの煙草をけむたがるでもなく、あしもとにおとなしく居る。ただ、ちょっと退屈そうにしている。

「絶好のチャンス」

私は思う。

犬と接触できるチャンスだ。

またくりかえす。まったく知らない人に話しかけるという行動は、たやすくできるものではない。難なくできる人もいるだろうが、少なくとも私には難しい。散歩の途中で足止めされるのがいやな飼い主もいるだろう。声をかけてきた相手に強い不審を抱く飼い主もいるだろう。そしてなにより、人は私に声をかけられるのがいやだろう、と私は思うのである。疲れていた時期、とくにこの強迫観念に縛りつけられていた。
世の中には、
Ⓐ相手にぱっと好印象を与える人
Ⓑぱっと厭《いと》わしい印象を与える人
ⒸⒶもⒷも与えない、印象自体が淡い人
があって、私はⒷだからだ。
とはいえ、人間は動物ではないから、小学校の三年あたりにもなれば、Ⓑ人間やⒸ人間も、対社会を考慮して、自分の中のマイナス要素を緩和するよう工夫するようになる。私も小学校三年以降は工夫をしてきた。しかし芯の部分ではⒷなのだ。
そして、疲れていたこのころというのは、本当に疲れてしまっており、Ⓑ要素を緩和する工夫をする力が底をついていた。
「かわいいですね」
煙草を喫んでいる爺さんに、私がほがらかな演技で声をかけたのは、自分の中の力を、なくなりかけたマヨネーズのチューブをぎゅうと絞り出すというより、チューブをハサミで切って、スプーンで掬い出すようなものだった。

探偵の犬にふれたい一心だった。

かわいいではないか、レトリバーは。

ゴールデンならびにラブラドールのレトリバー種の犬は、とんまさにおおらかさが加わって、シベリアン・ハスキーとならんで「かわいいオブかわいい」犬種だ。見ただけで90カブ。

「ラブラドールですね」

私は爺さんに声をかけた。

「何歳ですか？」

つづけて訊く。心中では、爺さんが「なんだこいつ、ウザイ」と思っているかもしれぬと、ビクビクしている。だが黒ラブと接触したい一心で、私はふりをする。「欧米のロックバンドの公演にパパといっしょに行くような娘としてのびのび育った」ふりを。

私が近づくと黒ラブがぱたんぱたんとスローにしっぽをふった。

私はしゃがんだ。

犬の前で「しゃがむ」という行動についてだが、飼い主への話しかけ同様、私には躊躇《ためら》いがある。

【犬の身の丈になるべく合わせてやると、犬は敵対心をおこさない】と書いてある本と、【犬の身の丈に合わせてしゃがんだりすると、犬はその相手を軽んじるので、してはいけない】と書いてある本と、両方読んだことがあるからだ。

対犬においては、いつも迷いつつ、最初に読んだほう（＝身の丈に合わせたほうがよい）を選んでいる。

*

黒ラブの年齢を尋ねた私に爺さんは答えた。

「12歳。もう婆さんだ」

爺さんの答えを聞いた私は、ごくすこしのあいだ無表情になった。なったと思う。

おどろいたり怖かったりうれしかったりムカッとしたりすると無表情になる癖が私にはある。喜怒哀楽の度合いが強いほど無表情になり、顔が能面になっている時間も長くなる。頭が悪いのだ。思ったこと・感じたことを表に出すのに時間がかかる。こののろまさが人をイライラさせたり不審がらせたりする。

このときも、すこしおどろいたので、すこしのあいだ無表情になった。

何におどろいたか？　爺さんの口調が、その佇《たたず》まいから私が想像したとおりだったことにだ。

「おう、八っつぁんよ」と言いそうな爺さんだなと思っていたら、「12歳。もう婆さんだ」と、本当に江戸前な口調だった。

「さわってもだいじょうぶですか？」

無表情な私の顔がのろりと動く。

「おうよ」

じっさいには、爺さんの発声は、息に近いかんじの「ああ」とか「うん」で、ほとんど声としては聞こえなかった。ことばではなく、首を縦にふることでYESを示してくれた。そのボディアクションが、「おうよ」と言っているような江戸前だったのである。

爺さんの許可を得て、私は黒ラブをなでた。

犬をなでるときは、飼い主に尋ねてからにしている。犬は、攻撃的な性格にせよ猜《さい》疑心《ぎしん》が強い性格にせよ友好的な性格にせよ、情感豊かな動物である。知らない動物（人間含む）から、いきなり体にさわられたらいやだと思うのだ。あなたは知らない人からいきなり手をにぎられたらいやではないですか？

まずは飼い主に尋ね、尋ねることで飼い主と何らかの会話を交わせるから、それは犬に「この人はわたし（飼い主）がOKした人ですよ」と紹介してもらうことになるのではないかと思い、まず飼い主に「さわってもよいかどうか」を尋ねてから、なでることにしている。

なでるにあたっては、いきなり頭（眉間に近い部分）ではなく、首から背中にかけてにする。目や目のあいだに初対面の人間の手が近づいてくるのは、これまた犬のようなEQの高い動物には、緊張や嫌悪や恐怖といったマイナス感覚が働くのではないかと心配するからだ。

なでると黒犬はしっぽをふった。しゃがんだまま、ズ、ズ、ズと私は犬の顔のほうに移動していった。犬の顔と私の顔が向き合った。

「こんにちは」

言った。私がではない。犬が。

犬がしゃべったわけではない。「こんにちはと言っているように見える顔」をした。私が勝手にこう思うだけで、犬からすれば自分の前に位置した人間を、ただ見たにすぎないが。

だが、同じ状況（通りすがりの人間になでられるという状況）で、犬の前にしゃがんでも、ほとんどの犬はこちらの目を見ない。そのにべのなさぶりときたら、祖父母がどんなに高額金品で気を引こうとしゃかりきになっても、「ママじゃなきゃいや」だと泣く孫にひとしい。

通りすがりの私がさわらせてもらっても、孫に甘い祖父母どころか、ナナ※にタカられ、あとはポイのおやじの憂き目にあうのが関の山なのに、こんなふうに目を合わせてくれる犬というのは、これはもう「こんにちは」とちゃんとご挨拶してくれているにひとしいではないか。１００カブ。

「こんにちは」

黒犬が言ったから、私も返した。

「なんていう名前ですか？」

爺さんに訊く。

ナナ　エミール・ゾラ『ナナ』のナナ

「ラニ」

「ラニ？」

ラニ？　ララじゃなくラニ？　ニニじゃなくて、ニラじゃなくて、ラニ？　ハワイ語とかゲール語？

「どういう意味ですか？」

「知らねえ。おれがつけたんじゃねえ」

煙草を喫む爺さんのしゃべり方に、こちらを拒む雰囲気はない。横柄でもない。余分なフリルやレースをつけないのだ。

爺さんがラニの意味を知らないなら、べつにかまわない。黒犬がラニという名前だとわかればそれでよい。

「ラニ。ラニ」

私は名前を呼びながら頭をなでた。目をじーっと見た。ラニもじーっとこちらを見た。

「ありがとうございました。じゃ」

「おうよ」

わかれぎわは、爺さんは、じっさいに「おうよ」と発声した。お寿司屋さんとか植木屋さんとか大工さんといった職人さんが威勢よく「おうよ」と言う発声ではなく、「お、じゃな」といった雰囲気で、「お」が強く、あとの「うよ」はごく弱い発声の「おうよ」だった。

＊＊＊

次にラニに会ったのは踏み切りである。

爺さんは駅に向かってこちらに来る。私は駅から出て歩いているところだった。

(あ)

私はラニを見た。

ラニも私を見た。歩をとめた。

ラニがとまるから、爺さんが私を見た。

私は身体の向きを変えて、踏み切りをもどった。ほかの通行人の邪魔にならないあたりで、あらためて呼んだ。

「ラニ」

しゃがんだ。

ポンポンポンポンポン。ラニがしっぽをふる。ラブラドールという犬種の友好的な性質傾向によるものではなく、私のことを「前に会った人」として認識した目つきとしっぽのふりかたである……と言い切っているが、「そう思った」ということで、動物学的根拠はない。ただ、「近所の犬見《いぬみ》」と自分で名づけている、他人の犬をなでさせてもらう経験をいくつか重ねて、

Ⓐ私をおぼえている
Ⓑ全員に友好的
Ⓒ飼い主以外に興味ナシ
Ⓓ犬にも人にも物（車、自転車、ボール等々）にも、やたら吠える
Ⓔ全員に攻撃的

……という5タイプがいるのは言い切れる。「近所の犬見」を続けた結果、5タイプの分布はこうだ。

圧倒的に多いのはⒸ＝飼い主以外に興味ナシ。

次いでⒷ友好的とⒹ吠えるが同じくらい。そいつが社交的かそうでないかの差だから、半々で同数という結果になるのは当然である。

Ⓓやたら吠える犬というのは、つまり「よくしつけられていない犬」なわけで、しつけられないとは、いわゆるアホ犬である。しつけようとしない飼い主がアホともいえる。こういう吠え犬は、自分以外を（飼い主も含めて、自分以外を）、自分の下位に見ているやつである。意外かもしれないが小型犬によくいる。

Ⓔ攻撃的な犬は、今日びの飼い犬ではぐっと少なくなる。Ⓔ攻撃犬は、Ⓓ吠え犬のアホとはちがい、なかなかかしこい犬だ（と思う）。貞淑や忠実さという性質は、きわめるとこうなるわけだし、潔癖な行動は知能の高さあってのものであろう。

スルーギというアラビア原産の犬種がいる。高校生のころに自宅にあった『DOG LOG』に写真とともに紹介されていた。「他人には決してなつかない。彼が心を許すのは飼い主ただひとりだけである」というようなことが書いてあった。ついていた写真がまたよかった。夜。群青色の夜空。アラビアの砂漠。丸い月。白いターバンを巻いたアラビア人の18歳くらいの若者。その傍らでナイト然としておすわりするクリーム色のスルーギ。幻想的な写真だった。

高校生だったので「ああ、こんな犬の飼い主になれたら飼い主冥利《みょうり》につきるのではないか。こんな犬の飼い主になりたいものだ」と夢見た。

「自分だけを愛してくれる存在」というものに、中高生のころは憧れがちだ。だが大学生にもなれば「そんな犬を飼うと、ほとほと苦労する」ことはすぐ想像できるようになる。恋愛や結婚生活でもそうではないか。度を越す一途《いちず》さは度を越す焼き餅や束縛になる。

とまれ、こうした潔癖性で偏狭な犬は、推測するに、そこそこにかしこいのはかしこいのだろう。が、数としてはきわめて少ない。かつては、こういう性質の野良犬がたまにいて、町中《まちなか》をうろついていて、人が咬《か》まれたりしたものだ。現在は、犬＝飼い犬、なのでこういうやつに町中で遭遇することはほとんどなくなった。

少ないといえば、Ⓔ攻撃的より、なんといってもⒶだ。Ⓐおぼえている犬だ。Ⓐ犬は、私をおぼえているわけである。これはどういうことか？　その犬にとって私はどういう存在か？

飼い主でもない。

飼い主の家族でもない。

飼い主の友人知人でもない（＝飼い主と親しげにしているところを、犬によく目撃される存在でもない）。

飼い主宅に出入りするお肉屋さん・お魚屋さんなどでもない（＝よく家に来て食べ物をくれる人でもない）。

獣医でもない。

ただの通りすがりである。

ただの通りすがりの人間を識別する知能があり、識別したうえで、さらに好悪の感情を抱く情感の豊かさがある。

しかも、日数をあけて再会してもおぼえているとなると、相当に知能が高いわけである。Ⓐ犬にめぐりあうなどということは、まずない。

「近所の犬見《いぬみ》」を十年以上続け、私が会ったⒶ犬は2匹だけだ。マロンとラニのみ。ロボはどうであるのか現時点では些《いささ》か心もとない。では数字は2.5としておくか。

すれちがう犬の大半は、

Ⓒ飼い主以外に興味ナシ

Ⓓ犬にも人にも物（車、自転車、ボール等々）にも、やたら吠える

の、どちらかなわけである。

とても疲れていた時期に、Ⓒ Ⓓの犬に会うと、がっかりするだけでなく、なにやら自分が「動物的本能が嗅ぎつけるほどいやな人間」のように思われ、自信喪失することがよくあった。いっときは「もう、よその人の犬に近寄ることなんかしない」と決めたくらいである。

しかし歩いていて犬を見てしまうともうだめで、ふらふらと近寄ってしまう。飼い主にも飼い犬にも何の利益も与えられず喜ばれもしない「近所の犬見」をコツコツとつづけているのである……。

＊

さてラニと再会した踏み切りにもどる。

「あ、ラニ」

「あ、あの人だ」

私と黒犬は踏み切りで互いを認め合った。

私は、渡りかけた踏み切りを後退し、ラニは前進した。

私が後退したのは、踏み切り脇のビルの軒下の、通行人に邪魔にならないところでラニを待つためである。そこで私はラニをなで、そのあと抱きしめた。再会できたことがうれしかった。

するとラニはどうしたか？

でーんと腹を見せて上向きになった！

犬が腹を見せる。これは大々的に相手を受けいれたボディアクション。

「ラニ、ラニ」

私はうれしくて、膝を地面について上半身をラニに近づけて、なでつづけた。

ぴょこぴょこ。4本の前肢後肢をうれしそうに動かすラニ。

私は躊躇いつつ、そうっと手（前肢の、肉球のある部分）をにぎった。ここをさわられることをいやがる犬猫が多い。ラニはいやがらなかった。だれにでもいやがらないのか、自分が許可した相手にのみさわらせるのかは、この日のこの段階では不明。

「あんた、犬が好きなんだね」

自分の飼い犬が、往来脇で腹を見せるのを上から見下ろしていた江戸前の爺さんは、とくにニコニコともせず、「はーん」といった風情で、いたって平然と言った。

「はい」

「犬は犬が好きな人がわかるっていうから、うれしいんだろな、さ、行くぞ」

爺さんはなかなかいい味なんである。通りすがりの人間に動じない。ハプニングにも動じない。

「おれは長《な》げえこと人生やってってっからよ、もう自分のやるこた、決めてんだよ、おめえさん、ラニさわって気がすんだかい、そらよかったよ、なら、ちょいとどいてくんな、もう舟が出っからよ」といったところ。

江戸前でもあるが、どこかバタ臭くもある。「若いじぶんは、そら、浅草オペラや十二階で、さんざ遊んださ」と言いそうな。

ただし浅草オペラや十二階が繁盛していたころは大正時代であるから、「若いじぶん」にそこで遊んだなら、1897年生まれくらいでないとならない。いま110歳くらいでニュースになる級の年齢になってしまう。爺さんはそこまで年寄りではない。

＊＊＊

このあとも、近所で何度か会った。

爺さんとラニに会うこともあったが、爺さん単独と会うことのほうが多かった。

ラニ連れのときはラニが「こんにちは」としっぽをふるから、爺さんは立ち止まる。そして「あんた、犬が好きなんだね」と、そのたびに言う。

爺さん単独のときは、私が「こんにちは」と会釈するときょとんとした顔をする。だから私のことはおぼえていないのであろう。年齢とは無関係に、「人の顔をおぼえられない人」というのは、わりとよくいるものだ。私は顔は特技レベルにおぼえられるが、名前がさっぱりおぼえられない。

爺さんに「こんにちは」と言ったあとは、私はすぐに「今日はラニは？」とつづける。「ラニ」という名前を出せば、彼の小さな不審は消えるだろうと。「こいつだれだ？」と思った小さな不審は、「そうか、こいつはラニをかまったやつだな」とわかれば消える。「ラニは？」と私が言うと、爺さんは言う。「寝てる」。江戸前に短く。

「家」とだけ言うこともある。たまに「家でごろごろしてる」と長い（彼にしては）こともある。

このていどの淡い縁《ゆかり》で数年が流れていった。

＊

あるとき用事あって都心に出かけた。帰り、電車に乗った。さいしょは混んでいたが、しだいに空《す》いてきた。座席にすわった。

と、向かいにすわっていたのだ。ラニの爺さんが。

爺さんはイキに携帯電話の画面を見ている。私には気づかない。だが、もし携帯電話画面を見ていなくても、向かいの私を正視しても、私が「近所でときどきすれちがうラニを好いているやつ」だと一致しないだろう。

車内がさらに空いてきた。

私と爺さんのいる車両には、ぽつん、ぽつん、としか乗客がいなくなった。

「こんにちは」

私は向かいの座席から声をかけた。

案の定、爺さんはきょとんとした。

私は立ち上がって彼の隣にこしかけた。

「ラニは今日はお留守番ですね」

「ラニ」の一語を出すと、爺さんの顔に「ああ、そうか」という表情が出た。

「どうも、いつもご近所で……」

私ははじめて爺さんに名前を名乗った。

「そうかい、おれは堀北ってんだ」

爺さんも名前を教えてくれた。

「ってんだ」と言ったわけではない。が、「堀北ってんだ、以後よろしくな」と言うような口調なのである。

「ラニはいまじぶんは家でごろごろしてら」

してら、も然り。

「犬を連れて電車に乗れないですからね」

そういえばスウェーデンでは、盲導犬ではない大型犬を連れて電車に乗っている人を見かけた。ドイツに旅行した友人も電車内で見かけたと言っていた。ＥＵ圏は公共乗物に大型犬もＯＫなのだろうか。……と頭をよぎったので、私は言った。

「電車にも犬を連れて乗れると散歩範囲も広がってラニもうれしいでしょうにね」

私としては「ラニは今ごろ家でごろごろしている」への「ごく無難な相槌」のつもりだった。そうだねと相手も流して済ませられるような。

ところがお爺さんは流さなかった。

「うれしくねえだろ」

「・・・」

右「　」内は誤植ではない。意外な返事にまごついた私の顔を、文章表現の制約内で工夫したものである。

「あいつぁ、散歩が嫌《き》れぇなんだ」

「えっ、散歩が嫌い？」

そいつぁ、びっくりだ。

私はタルトやアイスクリームが嫌いで、コース料理についていると、値段いっしょでいいのでつけないでくださいと店の人に頼む。すると、これまで十店中十店の店員さんが私にへんな顔をした。どんな顔かというと、今、私がお爺さんに向けたであろう顔だ。「そんな客がいるのか」という顔だ。私は「そんな犬がいるのか」という顔を、お爺さんに向けた。

「ああ、ラニは散歩が嫌れぇなんだ」

「ずっと？　仔犬のころから？」

そんな犬の話は聞いたことがない。びっくりした私はつい年長者に対することばづかいではなくタメ口になってしまった。

「厳密にいつからかはわかんねえが、小さいころからだね」

「へえ……それは珍しい例ですね……」

日本で出版されている犬の飼い方についての本をすべて読んだわけではないが、たいていのその種の本には、『ラブラドールを飼うのなら散歩の時間は必ず長くとってあげましょう』みたいなことが書いてあるではないか。

「まあ、散歩が嫌いなシベリアン・ハスキーよりは珍しくないかもしれませんが……」

ラブラドールは傾向として性質がおっとりしているから、やんちゃなシベリアン・

ハスキーよりは「めずらしく散歩が嫌いなやつ」がいる確率は高いかもしれないが……。とはいえ、それでも堀北爺さんは、朝夕の二回、毎日散歩に連れていってやってるわけだ。

「いやあ、そんなにてえしたことはしてねえよ」

朝は家からわりに遠く離れたほうまで行くが、駅前のベンチで煙草を喫んでいる時間のほうが長い。夕方はほんのちょっと家の周りを歩くだけだとのこと。

「あいつぁ、家でごろごろしてるのが、いちばん好きなんだよ」

「へえ」

「おれが酒飲む横でごろごろしてんだ。おれぁね、あんた……」

堀北爺さんは私のほうに顔をしっかり曲げて言った。

「二十二歳から夕飯は喰わねえんだ」

「さようで……」

「酒を飲むからね」

「なるほど。何を聞こし召されるんで？」

クドいようだが、じっさいには私もこんな時代劇の岡っ引口調でしゃべったわけではない。私の発音はもっともそもそしていて、ぼんやりした発声である。だが、堀北爺さんの開放的な雰囲気につられて、あくまでも私の気分としては、こんなふうにテンポがよかったということを文字化している。

「ウィスキー」

「ウィスキー？　ストレートで？」

「水割り。若い頃ぁ、ボトル空けたもんだが、いまは半分、いや1|3だね」

堀北爺さんにとって、夜にウィスキーを飲むのは、決まりなので外せないという。

「ひとりでですか？　奥さまとしゃべりながらですか？」

「バアさんは嫁や孫となんかしてるよ。おれは一人でラニとラジオ聞きながら飲むんだ」

幸福な老後である。

日本人が願うもっとも幸福な老後のすがたではなかろうか。息子夫婦と同居。孫もいる。妻も元気。妻と嫁もうまくいっていて、ラブラドール種サイズの犬を室内で飼える住環境。毎晩欠かさず酒が飲める健康を所持し、一人と一匹でラジオを相手に晩酌。しかも禿げていない。腹が出ていない。「最強の幸福な老後のかたち」ではないか？　至福だ。

『幸せの星の下《もと》に彼は生まれた』

　このフレーズを頭に浮かべた私は、彼に生年月日を尋ねた。こんなラッキーな人はいったい何座だろうかと。

「おれは昭和元年生まれなんだ」

げに。いかにも『幸せの星の下に生まれ』る人がいそうな年。昭和元年生まれの人は希有なのだ。昭和元年＝１９２６年は、12／25～12／31の７日しかなかったのだ。

「昭和元年の12月30日生まれ。ぎりぎりで召集されなかった」

「えっ」

　散歩が嫌いなラブラドールだと聞いたのと同じ程度に、私には感慨深かった。どこからどう見ても「爺さん」である年齢の人なのに、「太平洋戦争の現場には行っていない」のである。

　それほど太平洋戦争は「現代」から「遠い」ほうへ行ったのだ。

　年月はそれくらい経ったのだ。

　私のとなりにすわる、ときどき近所で出会う、凌雲閣《りょううんかく》も知ってそうな見た目の爺さんが、召集されなかった世代になってしまったほど年月は経ったのだ。

　ということは、私も、とうの昔に、ティーンから見たら、どこからどう見ても婆さんになっているのだ。女に対してのほうが、男に対してより、ずっとはげしく年齢を重視するのが世間なのだから。若者としゃべっているより、堀北爺さんとしゃべっているほうが見た目は似合っているのだ。

「大学は明治に行ったんだ。おれんとこは親父も明治でね。大学出て、進駐軍の関係のとこでアルバイトしてた。進駐軍関係で仕事できるとマネーがよくってね」

　そして、堀北爺さんは、彼曰《いわ》く「なんやかんやとしたあとに」、自分で出版社を作ったのだか、友人のやってた出版社に入ったのだかした。今なら編集プロダクションに分類される小規模経営の会社らしい。詳細までつっこんで質問しながら聞くのも失礼かと思い、だいたいのところを聞いた。

「エロ本を出すんだよ。官能小説。あれはね、決まりごとでぱっぱと書ける。安く書かせて、たくさん刷りゃ、確実に儲かったんだ。むかしはほかにたいした娯楽がねえからさ」

　そうして、そこそこに儲けて家を建てたという。

「へえ」

ああ、たのしいのう。爺さん婆さんの話を聞いているのは。個人的なバイオグラフィーって、すごくおもしろくないですか？　ただ残念なことに、爺さん婆さんの年齢になると、聞き手への補足をまったくせず、ぶっちぎりで独走する話者が多いのがネック。堀北爺さんは、さすが元出版社経営だけあって、バイオグラフィーの語り方がうまい。

「進駐軍の仕事してたときに知り合ったガイジンがさ、アメリカに来ねえかって、誘ってくれたんだ。よほど行こうかなと思ったさね。若いじぶんだったからね」

「行ってみればよかったのに」

「そうだな。行ってみりゃ、よかったな。あのときアメリカに行ってたら……」

このあとにつづけたフレーズがふるっている。

「……今じゃ立派なグランドファーザーよ」

歌舞伎役者が寄り目をつくって、「いえい、今じゃ、ハッ、立派な、ハッ、グラァアンド　ファアアザァアアよぉぉう」と見得を切るふうだった。「立派なグランドファーザー」というナンセンスがふるっている。おかしい。

かくして電車は、われわれの下車予定である駅についた。

＊＊＊

以来、近所で会っても、堀北グランドファーザーは、それなりに私をおぼえてくれていた。

それなりに、というのはこういう意味だ。私は小中高とずっと通信簿や内申書に「明るさに欠ける」と先生から書かれてき、知り合う方々からもそう思われてき、今もそう思われていると思う。自分では我が身を嘆いて日々を暮らしているつもりはないのだが、明るく見えないらしい。99％の人は、明るい人を好む。したがって私は、「この人ともっと仲よくなりたい」という希望を他人から抱《いだ》かれにくい人間である。堀北グランドファーザーにとってもそうだろうと思う。抱かないなりに、嫌いはせぬていどにはおぼえてくれている、という意味の、それなりに、だ。

かわりに、連れ犬のラニのほうは私に「この人ともっと親しくなりたい」という気持ちを抱いてくれた。……と思う。相手は犬なので、しかも他人の犬なので推測でしかないが、しばらくラニに会わない日がつづき、久しぶりに会ったときのこと。

ゲフゲフゲフ。

ラニは咳きこむような呼吸をした。

初めて会ったときにすでに12歳だったから、数年を経たこの日はもう14、15歳である。相当に老いている。

咳きこみながらも、しっぽをふって私にすりよってきた。

「おう、脈が速くなってんな。もう年だから心臓が弱ってて、動悸がはげしくなるときがあるんだよ」

堀北爺さんは、つっ立って、内ポケットから煙草をとりだす。

そこへ、

「ジージ」

小学6年くらいの女児が来た。

「おう」

女児に答えたあと、私に、

「孫だよ」

と紹介し、言われた女児は、私に、

「こんにちは。堀北マキです」

と礼儀正しくお辞儀をした。

ゲフゲフゲフ。

ラニが回転させるようにして首を、私の脛《すね》にすりつける。

女児がジージに問うた。

「どしたの、ジージ。なんでこんなにラニは興奮してるの？」

「ウン？　そりゃあマキが来てくれたから喜んでんだよ」

いつもの江戸前口調ではなく、大甘《おおあま》のジージの口調で、堀北爺さんは答えた。

ちがうもん！

心中で私は小学生女児のように叫んだ。

ちがうもん！

ラニは私と会えたから喜んでくれてるんだもん。だって、マキちゃんとは同じ家に住んでるんだからいつも会ってるじゃないか。ラニは久しぶりに私と会えたから喜んでるんだもん。

そう思い、つい、ちょっとキツい目で堀北マキを見てしまった。

われわれは三人で、ラニを連れて歩いた。

私は想像する。堀北家の幸いを。

ジージはバーバと仲がよいのだろう。息子とその妻も仲がよいのだろう。孫は、通信簿に「明るい」と書かれる性格なのだろう。

だからラニからは、饐《す》えた藁の臭いがしないのだ。
14、15歳の老犬なのに。
これくらいの老犬からは「濡れた藁を風通しの悪い所に長く置いておけばするような臭い」が、強くすることがよくある。なのにラニは、いつ会っても、「いましがたお風呂に入れてもらいました」というような匂いがする。家でよほど大事にされているのだろう。

そんなふうに飼い犬にやさしく接するような家族は、だからみな仲がよく、それは幸せだと思うのである。

そして、さらに思う。

「だからラニは他人の私にやさしいのだろう」

と。

コンビニの前まで来ると、堀北爺さんと孫マキが立ち寄るというので、その間、私は表に繫がれたラニをなで、チャンスとばかりに前肢後肢の肉球をさわりまくった。犬のあしの裏の、肉球のある、あの部分をきゅっきゅっとにぎったり、肉球を自分の指のはらで順になでていくのが、私は子供のころから、えも言われず好きだ。犬のかわいさがどくどく凝縮された部分のように思うのである。

犬のあしの裏。あそこには、人の心を癒すセラピーパワーが潜んでいる。ちがいない。

＊＊＊

しばらくノースエリアばかりに「犬見《いぬみ》」に出かける日がつづいた。

ノースエリアとは、家から出て北にのびた道を行った先にある、犬を散歩させている人がよくいるエリアのこと。サウスエリアは南のそれ。ラニはサウスエリアの犬。

ノースエリアばかりに行っていたのは、ロボからケータイに連絡がくるようになったからである。

ロボからケータイに電話がかかってくると（梅原さんがかけてくれているのだが）、私はいそいそと勝負服犬仕様に着替え、小走りして会いにいった。

私の顔を見るととびかかってくるハスキー犬ロボ。我が身すべてで感じる、その体重。犬と接触したことのない人に説明するなら、「ベッドで恋人の体重を感じるときの恍惚《こうこつ》を想像してください」と、このさいフレンチ・テイストで言おうではないか。どこがフレンチ・テイスト？　かもしれないが。

顔を舐めるロボ。そのスタミナ一点張りの愛撫。犬と接触したことのない人に説明するなら、「ブルターニュ地方の夏の終わり。干草のベッドで戯れる十七歳のジャン」と言おうではないか。

ロボは私をケータイで呼び出すと、全体重を私にかけ、舐め、せつない声で「わん」とせがむ。

「わん（ジャーキーちょうだい）」

「わん（こないだ、くれたよね）」

「わん（ちょうだいよ。こないだみたいに）」

「わん（持ってないの、ねえ、ジャーキー、持ってないの）」

我が身にのしかかる、若いフレッシュな体重の快感を認めながらも、私は思わずにはおれない。

「この人は（この犬は）、私のお金だけが（ジャーキーだけが）目当てなのよね」

と。そして美輪明宏のうたうシャンソンのヒロインのように、ちょいとアンニュイにロボをなでる。

「でも、あたいはあんたの、きれいな顔が好き。きれいな笑顔見せてよ、ラララララ〜♪　ラララ、ラ〜ラ〜ラ〜ラ〜♪」

これは『ミロール』。美輪明宏のうたう『ミロール』、すごくいいんだが、美輪調のふるえ声を出しても、ロボは、ほかに情熱の矛先が向くものが出現すれば、これっぽっちも後ろ髪ひかれず、「チェンジ（風俗用語。意味がわからない深窓のお嬢様はインターネットなどで検索してくださいね）」なのである。

ロボと私は、譬えるなら……。

50歳で独身で、ビジュアルアセットが豊かではない（＝外見的資産に不自由している）女が、ふとしたことで知り合った、「演劇をやっている」という20代の男と、居酒屋で飲むくらいには仲良くなったことで、すっかりのぼせてしまった。女は、金持ちマダムなわけでは決してなく、さしたる額もない貯金を、すっかりはたいて貢いだ。だがその演劇青年は、50女のことは、飲み友達だと思っているだけで、セックスするわけでなく、飲み代だけはおごってもらい、さっさと有名若手女優と電撃結婚した……みたいな心地にさせる関係だ。

それでも。

ロボは、ほかの近所の犬に比べれば、ずっと、私に親愛の情を示してくれるのである。

くりかえそう。犬にとって、飼い主以外の、たんなる通りすがりの50女など、どうでもよいのだ。

犬に対するのにこちらの年齢は関係ないとは思わぬほうがよい。関係ある。

飼い主が、こんなババアはどうでもよいと思えば、そのまま飼い主の心情を、飼い犬は如実に反映する。ババアより若い娘から話しかけられたいのが飼い主の本音だ。

飼い主が男であるときはもちろん、婦人であっても。

「こんなふうに卑下するのはいや」とは思わぬほうがよい。卑下しようがしまいが、あるいはどうでもよかろうが、これが現実世界の、たんなる事実だ。

若くない女は商品価値がない。これが世の中の事実だ。しかし言っておく。金のない男は商品価値がない。これも事実だ。そして、かかる世の海を漕ぎゆくうち、「商品価値」と「己にとっての価値」とのちがいがわかることが、大人になる楽しさである。

近所の犬は、きゃつの性欲を刺激する異性犬や、きゃつの攻撃心を刺激する同性犬を連れているわけでもない、たんなる単体での通りすがりの私には見向きもしないのが自然、あたりまえだ。それなのにロボは、例外的に、私に親しく接してくれる犬なのだ。

だから私は、ケータイに電話をくれるロボに会いに、しばらくノースエリアにばかり行っていた。

＊＊＊

……行っていたのだが、とはいえ、ある日はサウスエリアに身体を向けた。

冬だった。

マスクをしていた。

サウスエリアに向かって、家から南に向かう道を進むと、向こうから爺さんがやってきた。黒犬を連れている。

「ラニだ」

私は歩をとめる。二人が来るのを待つ。

ほどなく彼らはやってきた。

「おはようございます」

「おう、久しぶりだな」

往年の小泉総理風に爺さんは手をあげる。

ところが。

爺さんのあしもとで、ラニは不審そうな顔になり、尻をぺたんと地面におろした。

「ラニ、おはよう」

私はラニのほうに顔を近づけた。ラニの眉間に、人間が訝《いぶか》しがるときにするような皺。

「どうしたの？」

腰をまげ、私はラニに近寄る。ラニはなおのこと怪訝に、厭《いと》わしそうにする。

（……もしかして）

私は気づいた。

もしかしてマスクのせいでは。

犬研究の日本の第一人者である平岩米吉先生の著書に「犬は嗅覚だけでなく視覚からも大いに情報を得る」ということが書かれていた。

そこでマスクをはずした。

「おはよう、ラニ」

あらためてラニに顔を向けた。

すると。

ラニの、かわうそしっぽ《オッター・テール》は、たちどころに、びゅんびゅんと、はげしく左右にゆれた。

「わん（なんだ、そうか）」

「わんわん（そうだったのか）」

無駄吠えはしないラニがめずらしく声をあげた。そして私にすりよってきた。私の態度を慮《おもんぱか》りつつ、つつましく、決して押し倒すようなことはせず。

「ああ、ラニ」

私は黒いラブラドールの、太い首から背中をなでる。

「わん（おはよう）」

ラニは道路で腹を見せた。腹をなでてやった。ラニは目を細めた。

「ラニ……」

私はラニを抱きしめた。

ラニにふれている部分から、ラニの体温が滲出《しんしゅつ》してくる。

私はラニの飼い主ではない。飼い主家族でもない。ただの通りすがり。ただの近所の人。それでも。かりそめの通りすがりであろうとも、ラニは私を、私だとわかってくれている。

（ああ、やはり……）

やはり若いだけの男の子との交際では得られない悦楽だ。

「ラニ……」

私はラニをさらに強く抱きしめた。

ラニの鼻声。

「あんた、犬が好きなんだね」

まいどおなじみ、爺さんのコメント。昭和元年生まれ。イエイ!

私の心中にあふれた感動などなんのその、「さ、来い」と、ラニのリードを引いてさっさと歩きはじめる爺さんだ。

彼に並んで私も歩いた。

「今日は寒いな」

「はい」

「明日も寒いかね」

「そうでしょうね」

近所の人と会ったときにはベストの、社会人のマナーとしての、たんなる流す会話をして、二人と一匹は歩く。

銀杏《いちょう》。ソメイヨシノ。プラタナス。木々は落葉した冬の朝。

ふと私は爺さんに訊いた。

「堀北さん」

「おう？」

「前にアメリカに来ないかと誘われて、行こうかとも思ったけれどやめたと、おっしゃってましたよね」

「ああ、やめたんだ」

「なんでですか？」

「おれは旅行が嫌いなんだよ。長いあいだを電車とか船とか飛行機に乗るのがさ。それでやめたんだ」

　すっぱりとした回答だった。

「旅行が嫌い……」

なるほど。

私はラニを見た。

だからラニは散歩が嫌いなのだ。やはり犬は飼い主に似るのである。

ロボ、ふたたび

シベリアン・ハスキー

マロン、ラニとめぐり逢えた暮しに、無常の風が吹いた。

通りすがりの私は、だれかの口から永久《とわ》の別離を明言はされない。だが、つたわってくるものだ。家の前の道を南に行っても北に行っても、もうかれらと会えない。永久に。

２０１３年は、その前年、その前々年、前々々年のように静かに流れ、秋になった。暮しの中で、私はかれらの在りし日のすがたを偲《しの》ぶ。

私の仕事は一人きりの作業だから、時間の深海に潜《もぐ》り続けている。スポーツをするのはいわば潜水病予防のためだ。複数の他者と同時間に同所でなにかをするという、団体行動的なことをしないと、精神のバランスがとれなくなる。

秋の晴れた午後であった。

ラテンダンスの遠征に行った帰り、駅前の広場にシベリアン・ハスキーがいた。

（あれはロボでは……）

すぐに思った。すぐに声をかけたかった。それを制止したのは、ロボの佇まいである。

渋谷のハチ公像式のおすわりをしている。

きちんとお行儀よく……、いや、しゅっとシックに。

きちんとお行儀よく、は子供の挙措《きょそ》に用いる形容だ。駅前にいたロボは、かつて私を押し倒した男の子ではもうなく、青年、いや大人になっていた。

「ロボ……」

もともと不明瞭で小さい声を、さらに不明瞭に小さくして、呼んでみた。動かない。耳もしっぽも体も。

リードを持つ人は、ロボの前方2メートルにいる。梅原さんではない。ロボの被毛の、黒の部分も、心なしか前よりちょっと淡くなったように見える。

（ロボではないのか……）

でもロボだと思う。だってロボなんだもん。ロボなんだってば。

「あのう」

私はリードを持つ男性に声をかけた。

「かわいいですね」

これは犬を連れている人に、さいしょに言うべき定番の挨拶である。

「なでてもだいじょうぶですか？」

「はい、だいじょうぶですよ」

許可を得た私は、しゃがんで背中をなでた。ハチ公ポーズでおすわりした犬。犬の鼻は北向き、しっぽは南。しゃがんだ私の鼻は東向き、尻は西。つまり側面から犬の背中をなでている。

なでても、かれは私に横顔しか見せない。きょろきょろしないのだ。

「なんという名前ですか」

私のほうがきょろきょろして、リードを持つ男性に訊く。ロボなんだけど。

「ロボです」

だろう？　だが、どうも（私が）落ち着かない。

「ロボ」

呼びかけても、ロボはバッキンガム宮殿前の門兵のようにしゅっとしたままである。

（ばか、ばか、ロボのばか！）

田渕由美子でなかったら太刀掛《たちかけ》秀子でなかったらくらもちふさこといった、1970年代半ばに集英社系で人気のあった乙女漫画の、乳房が小さいことをからかわれたり、背が低いのが悩みだったりするヒロインが、両手をグーにして、長身で長髪で細身の先輩の胸に、ポカポカするように、ロボの大きな体をポカポカしたかった。

ただし、乙女漫画のヒロインは、長身痩軀長髪の先輩との気配りのすれちがいによるもどかしさを「ばか、ばか」とポカポカするのに対し、私は文字どおりの意味でポカポカしたかった。「ハスキー犬は頭が悪い」という悪口はよく耳にする。

（ちぇっ、忘れちまいやがった）

、、、、、、、、、、

さびしさに毒づいて、私は立ち上がった。

＊

（重い）

フィットネスシューズを詰めた鞄は大きく、レッスン後はレッスン前より重くなる。風呂に入るので、濡れた髪と身体を拭いたバスタオルが水分を含む。

(重いよ)

ちぇっ。ちぇっ。乙女漫画のコマなら、ここでヒロインに小石を蹴らせるだろう。

しかし小石は、現代の東京にそうそうない。

「1969年から70年にかけて、国は、東京や横浜の町から小石をなくすようにしたんだよ」

1976年に、宇津木さんから聞いたことがある。

機動隊へ石を投げられないように国が策を練ったのだと宇津木さんは言った。

そのとき私は高校生で、宇津木さんは隠れるために滋賀県に来て、『緑アパート』に住んでいた革マル派だか中核派の人だった。

宇津木さんはすこししか『緑アパート』に住んでいなかった。越すとき宇津木さんの弟がやってきて荷物を運んでいた。弟は私より五つ上で、宇津木さんより五つ下だった。

「あんなデモとかバリケードとか、大学生のダンパだよ。性欲の捌《は》け口の乱行ダンパだ」と弟が宇津木さんに言ったので『緑アパート』の鉄板の階段で大喧嘩になって、私が仲裁に入った。仲裁といっても「あぶない。落ちてしまうがな」と兄弟の袖をそれぞれに引っぱっただけだったが。

私を忘れたロボに背をむけ、私は宇津木さんのことを思い出した。

因幡さんのことも思い出した。

因幡さんは幻冬舎の編集者で、永田洋子と同じ高校を出たのである。彼女は――彼女というのは因幡さんではなく永田洋子のことだが――、実質的に女子高校生のまま65年の人生を終えたのであろう。

永田洋子のことを考えたら、次に朝日新聞に載っていたエッセイのことを思い出した。

書いた人は福田藺子で、因幡さんは「担当している」と言っていた。福田藺子は若い女性に人気のある三十代の活動家である。永田洋子は京浜安保共闘革命左派や連合赤軍での行動を「活動」と言っていたが、福田藺子は反政府的活動をしているわけではない。写真を撮ったり文章を書いたり朗読会を催したり映画にも出たりするため、職業名がわからないので活動家にした。活躍家のほうがいいだろうか。活躍家……。

なんかへんだ。やっぱり活動家にする。

福田繭子のエッセイを読んで私は泣いたことがある。

福田繭子のサイン会に一人の男性がやってきた。その人は大学時代に福田繭子と同じ講義をとっており、ときおり話すことがあった。福田繭子が大学祭のステージで活動をすることになったさい、照明係の一人として手伝った。しかし福田繭子はその人のことをまったくおぼえておらず、その人が思い出してもらう手がかりを話せば話すほど、焦りながらもおかしくなってきたと、そういうエッセイだった。

連載をまとめて単行本にしたのは幻冬舎で、何人かの読者から「笑わせられました」という旨の手紙が来たと因幡さんは言っていた。

だから朝日新聞に載ったそのエッセイは、福田繭子がいかにその人を思い出せなかったかということが「おかしい」と感じるべき、笑うべきエッセイなのである。だが、私は泣いた。

朝日新聞は有名な新聞である。三大新聞と言われる一つだ。そんな目立つメディアで、福田繭子と同じ大学で同じ講義をとっていて、ときどき話し、学園祭で福田繭子のステージの手伝いをしたというその人は、

「それなのに忘れられた人」

として、でかでかと衆人環視の的となったのである。サイン会にやってきたくらいだ。彼は福田繭子の朝日新聞の連載を毎回読んでいたろう。このエッセイも読んだろう。これは俺のことだ、とわかっただろう。

（どんなにさびしいだろう）

朝日新聞の前の彼を想像し、私は泣いた。

私がおぼえる。

私がおぼえておくからな。

会ったこともないその人に、私は意地になって言った。

＊

駅前で、私はさ、び、し、さ、に、毒、づ、い、て、立、ち、上、が、っ、たのである。

ハスキー犬は頭が悪いと毒づいたのではない。さびしいので毒づいた、でもない。さびしいから毒づいた、でもない。さびしさに毒づいた。「に」という曖昧な助詞で、私は隠した。恥ずかしさを。

『※捨てられた女よりも哀れなのは忘れられた女です』とマリー・ローランサンは言った。

ローランサンの嘆きは、しかしさすがはパリジェンヌ。二枚目だ。忘れられた女は哀しいが、忘れない女は滑稽だ。忘れる女は輝くスターだ。忘れない女は輝くスターにはなれない。哀しい目にあうのと、滑稽な目にあうのと、隠すなら後者ではないか。恥ずかしいことは、恥ずかしいと感じていることさえ隠したい。哀しいより哀しいことだ。

「ロボは私なんかおぼえてなかった」などというできごとは、小石ほどそのへんにころがっている。宇津木さんが言ったことが本当なら、国家が学生運動対策する以前の小石ほどそのへんに。落胆と呼ぶにも至らない。

だが福田繭子も、福田繭子のエッセイをおもしろいと感じるメジャーなセンスを持ち合わせた読者も、もしロボを駅前で見かければ、「ロボかな、でも、もうわたしをおぼえていないだろうな」と思い、声をかけたりしない。そもそもメジャーなセンスを持ち合わせた人は、ロボを忘れている。


れた女」のあいだには、もっといくつもある私はひょこひょこ出しゃばって声をかけた。その洗練のされなさ、田舎臭さ。私はそれがすさまじく恥ずかしかった。

そこに「あなたのことはおぼえていません」という事実をつきつけられ、さびしかった。鼻先に「ほら、見なさい」とつきつけられたものは、実寸以上に大きく見える。

（なぜ、声なんかかけたのだろう）

うじうじ後悔した。

世の中には、「わたしはイヤでならなかったのに、小さいころから母から無理やりピアノとバレエをやらされた」という人、「父がイギリス赴任になったので、小学校のころからずっとイギリスの学校に通わないとならなかった。日本人はぼくだけでイヤでならなかった」という人など、小さいころに本人が望まぬレッスンや教育をほどこされた、という人が時々いる。私の場合は、小さいころに、「自分を嫌いなさい」というレッスンをほどこされた。

両親は大正生まれであった。大正時代は、自分を嫌うこと、自分の欠点だけを見つめることがマナーだったのだろうか。両親には両親の信念があったのだろうが、この

『捨てられた女よりも哀れなのは忘れられた女です』　原典「鎮静剤」では、哀れな女の順が「退屈な女」からはじまり、「捨てられた女」と「忘れら↗

レッスンがプラスに働いているようには、どうも私には思われない。

こんなレッスンより、算盤《そろばん》とかお習字とか素読とかを、有無を言わさず叩き込んでくれればよかったのに。算盤とかお習字とか素読なら、そのときはイヤでも、大人になってから役にたったのに。

ロボのいた駅に背をむけ、小走りして歓楽街に逃げ込んだ。猥雑な場所で恥ずかしさを雲散させてしまおう。

私はがばっと両手を、こめかみから頬にかけて当てた。ゆびの腹を立てて、顔の肉をぎゅううと抓《つね》りあげる。顔の筋肉が捩《ね》じられて人相が変わるからだ。私は自分の顔が大嫌いだ。

福田繭子に忘れられた人も、顔を抓《つね》ったことだろう。そんなことをしても福田繭子は思い出してくれないのに。人を忘れるセンスのほうが正しいのだ。忘れて笑うセンスのほうが正しいのだ。メジャーなセンスとはそういうことなのだ。

鞄をななめがけにして、私は顔を抓《つね》った。抓ったのはよかった。ぎゅうぎゅう抓ったので顔の感覚がヘンになり、あたかも別の顔に変身できたような気分になった。電車に乗って帰った。

ダンパをしていた（＝反体制活動をしていた）宇津木さんは、滋賀県から岡山に越し、さらに神奈川に越した。

＊

私が三十歳をすこし過ぎるころまで年賀状だけのやりとりをしていた。やりとりといっても、宇津木さんのほうが一方的に滋賀県の実家の住所宛てに年賀状をくれた。それも「謹賀新年」と書いてあるだけの。私の実家の内側の様子を、ごくわずかに知っていた彼は、宇津木の下の名を一字変えて、女名にしてくれていた。市名町名は記されておらず、「岡山県　宇津木……」とか「神奈川県　宇津木……」とだけあった。「神奈川県　宇津木」になってからは、「謹賀新年」とボールペンで大きく書いて、『Ｃｕｔ』や『ＳＴＵＤＩＯ　ＶＯＩＣＥ』のテキスト部分の級数くらいの小さな字で「ふつうの生活をしています。元気ですか？」と書いてあった。それしか書いていないから、具体的に何をしていたのかは知らない。

三十歳をすこし過ぎるころの暮れに、喪中はがきが来て、そこには住所が町名番地まで書いてあったので、私は東京の住所で返信をした。だがそのあとすぐに何回かの引っ越しをしてしまい、年賀状のやりとりもしなくなってしまった。

喪中はがきは、宇津木さんの弟の死をしらせるものだった。喪中はがきの定型に倣《なら》った印刷文のわきに、宇津木さんの『Ｃｕｔ』字で、「弟は自殺をしました」と書いてあった。

宇津木さんが丸顔だったのに比して、弟が細長い顔だったこと、引っ越しの日、安物の羊羹みたいな色の化繊のネルシャツを着ていたこと、ダンボール箱を紐で結わえるのが上手だったこと、そんなことを、私は喪中はがきを手に持ってポストの前に立ったまま思い出したものだ。

鉄板の階段での兄弟喧嘩のあと、弟はアムンゼンの話をした。

スコット探検隊はモーター式の橇《そり》を使っていたのが故障したが、アムンゼン隊は犬に引かせたから故障知らずだったと。南極到達は犬の手柄だと。「まったくだ」と宇津木さんが言い、「何が、まったくだ、だよ。まったく」と弟が言った。

私はそのやりとりを、その場では笑わなかったが、彼らと別れて、自分の家にもどって夕食を食べ風呂に入り、寝る前に思い出したときに笑ったのだった。

喪中はがきは、どしんと私をかなしくさせたのに、私は長いあいだ宇津木さんのことも、弟のことも思い出さなかった。福田繭子もこんなふうに、サイン会に来てくれた人のことを思い出せなかったのかもしれない。

いっしゅん、たしかにだれかと接し、鮮やかに胸に刻まれ、だが、どこかへ行ってしまう。

（けれど、どこかにはしまってあるんだよ）

そうだよ。きっとそうだよ。福田繭子も、クレイジーケンバンドの『ゲバゲバ90秒』を聞いたときなどに、アッと思い出したりするんだよ。

忘れられてしまった男性にではなく、むしろ福田繭子に、私はエールを送った。秋の夜は更け、やがてその年も逝った。

＊＊＊

２０１４年３月初旬。

ラテンダンスの遠征レッスンで、半年ぶりに来た町を、私はきょろきょろしながら歩いていた。

高性能で評判の高い四輪バッグをふんぱつして買ったので、手ぶら感覚で歩ける。どうせならロボの家のほうに行ってみよう。

自分を忘れた男に未練がましい女のような行動を採《と》ることに頓着《とんちゃく》しなかったのは、遠征先のレッスンであるにもかかわらず、コリオグラフにほぼついてゆけ、気をよくしたからである。

思えば2010年あたりまで、どのインストラクターのレッスンに出ても、だいたいいついてゆけた。上手《うま》いわけではない。下手《へた》だ。あくまでも自己内での比較なのだが、五〇歳までは、下手なりについてゆけた。コリオグラフが頭に入った。それが今ではついてゆけることが珍しい。身体がつらいというより、頭がつらい。コリオグラフがおぼえられないのである。それが、今日はめずらしくいい出来だった。

口笛こそ吹かなかったが、軽い気分で住宅街を歩く。

（たしか梅原さんが……）

ロボ宅について、ほんの一つ二つの情報を梅原さんから得ている。だがロボ宅を探すつもりはない。ロボのことを思い出して住宅街を歩ければそれでいいのだ。観光地より住宅街を歩くほうが、小説のアイデアがなにかとわくからおもしろいのだ。だが豈図《あにはか》らんや。すぐにロボ宅は見つかってしまった。いやでも目立つ豪邸があったのである。

と思って近寄っていったところ、家の前にシベリアン・ハスキーがすわっている。シベリアン・ハスキーだからロボとは限らないが、あれはロボだ。私は滑稽な忘れない女だ。

「すごい家だ」

私はロボのほうへ近寄っていった。

ロボが私を忘れているのは半年前にわかっている。誑しは忘れるのだ。忘れるからスターなのだ。あらためて初対面の通りすがりとしてなついてもらおうなどとも願わない。

ロボはかわいいすがたの犬なのである。かわいいすがたを見られたら大いに幸せだ。それだけだ。

門の正面に私が立つより先に、奥から男性が出てきた。半年前、駅前でロボのリードを引いていた犬係さんだ。ロボをなでている。

私の歩は進む。

ロボがこちらを見る。

「わん」

ロボが大きく吠えた。

「あれ、吠えましたね」

犬係さんが私を見た。

「前にこの犬と会われてますか？」

「……会っています」

「それで吠えたんですね」

たしかにロボの「わん」は威嚇する吠え方ではなかった。

「こいつは吠えないやつなんです。人にもほかの犬にもちっとも吠えない。でも、会ってうれしい人にだけ吠える」

「え、でも……」

そんなはずない。半年前、おぼえていなかった。冷たい態度だった。

「おぼえてますよ。しっぽふってるじゃないですか」

「でも……、でも……」

ゆっくり歩を進めてゆき、ロボの正面に立った。

吠えた。

鼻声と吠え声を合体させたような声。くおん。首を私のあしにすりよせてくる。

（だめだ）

こんな顔の犬がこんなことをしてきたら、もうだめだ。

「ロボ、ロボ」

二晩煮込んだ鶏肉手羽先のようにトロトロになって私はロボに抱きつく。ロボは鼻声を出してしっぽをふる。くおん。久遠。

「ほら、おぼえてるでしょう？」

「でも、前に駅前で会ったとき、呼んでもちっとも見てくれなかったんですよ」

「それいつくらいのことですか？」

「半年くらいまえ。秋でした」

「ああ、それは……」

ドッグトレーナーの訓練中だったのだという。

「勉強中でしたから、よそ見をしてはいけなかったんです」

そうだったのか。

だが、もしかしたらそのときは本当にロボは私のことを忘れていたのかもしれない。

そして今日、半年前をスタートとしておぼえていたのかもしれない。

どっちだってかまわない。私は通りすがり。飼い主ではない。身の丈なりの暮しにもかなしみの降るとき、道歩けばかれらは必ず贈ってくれる。笑う力を。もっさりした暮しに添えてくれる。きらっとした彩りを。近所の犬、オーイエイ！

解説に代えての文庫版あとがき――巻末から先に読む方のために――

姫野カオルコ

●『近所の犬』が、単行本→文庫になるまで

本書は、単行本（ハードカバー）『近所の犬』を文庫にしたものです。単行本のときは定価1300円（税抜き）でした。文庫になると定価はぐっと安くなります。文庫になるのは、単行本から3年経過したものです。ときには3年経過しなくても文庫になる単行本もあります。文庫にならない単行本もあります。

著者としては、文庫になったのでうれしく、また、単行本からもう早3年も経ったのかとしみじみします。

単行本『近所の犬』が出たのは2014年の9月です。同年の1月に『昭和の犬』が第一五〇回直木三十五賞を受賞しました。書くのが遅い私にしては、半年ほどで2冊目を刊行しました。

それは、こんな背景からです。

幻冬舎の文芸誌『papyrus』に、11年から12年にかけて連作短編小説を寄せていました。多くの小説家は、文芸誌に連載したものをまとめて単行本にします。ですが、どういうわけか私はそれができません。文芸誌は、今の世の中では、読む人も少ない媒体なのですが、それでも一人の読者がいるのなら、雑誌として、寝ころんで読んだり、お弁当を食べながらザザッと流し読みしたり、毎月読まずにたまたまある号を買ったり、気楽な読み方をするだろう。そんな読み方に向いた小説を書こうと思ってしまうのです。

『papyrus』に限りません。どの社のどの文芸雑誌に寄せるときもそうです（数少ない例外もありますが）。そして、単行本にするにあたっては、一冊の物語として、構成しなおします。推敲の域ではない。連載時の原稿は捨てます。手元にある雑誌の自作掲載ページを参照することはあっても、ＰＣから「削除」してしまい、コピペできないようにします。新たに、1ページ1字目から書き直します。『昭和の犬』もこうして、1字目から書き直しました。

効率が悪いといえば悪いですが、こんなやり方をしているので、文芸誌に寄せていた原稿は手元には残っていない、のがこれまででしたのに、『papyrus』に寄せたものは、みな残っていました。なぜなら『昭和の犬』は、かぎりなく書き下ろしに近かったからです。一冊の物語にするにあたり、主題から（根底から）変えたため、連載時の原稿を削除するもなにも、ほぼノータッチだったからです。

むしろ『昭和の犬』刊行後に、私はいつもおこなう作業、すなわち、連載時の原稿をチェックして削除して、単行本として一冊にする書き直しにとりかかりました。それが『近所の犬』です。

●『近所の犬』のジャンルは？

この文庫のＰ7からの「はじめに」のとおり、

▽『近所の犬』＝私小説

▽『昭和の犬』＝自伝的要素の強い小説

です。どう違うのか。厳密な区別はありません。Ｐ11と重複しますが、「私小説」のほうが「自伝的要素の強い小説」よりも、事実度が高い。事実をアレンジしていない部分が多い。「私小説」はカメラが「私」の目の位置にある。「自伝的要素の強い小説」はカメラが「私」の頭より10メートルくらい上にある（客観性が強まる）。

『近所の犬』は私小説なので、カメラは「私」の目の位置にあります。よってエッセイを読むように読めます……というか、エッセイを読んでいる気分になってもらえるよう、書きました。カメラがやや遠い「自伝的要素の強い小説」より、多くの人に親しみやすく、読みやすいと思ったからです。

冒頭に「はじめに」を設けたのは、読者が「ふむふむ。エッセイを読むつもりで読めばいいんだな」と、さいしょからスタンスを定められるほうが、読む行為にスッと入れると思ったからです。

ただ、やはり小説（フィクション）ですので、どの私小説もそうであるように、著者の体験事実をもとにしてはいても、アレンジしたり、創作した部分も多々含まれます。「はじめに」からして、事実と創作が混じっています。

そこが、このページとは異なる点です。この「解説に代えてのあとがき」は、文庫を買ってくださった方へのお手紙、ブックナビゲーションとして書いています。フィクションではありません。

私も他人の私小説を読むときは、読む側になりますから、どこが事実でどこが盛ってあるところだろうと、知りたくなったりします。とくに食べ物がおいしそうな店が出てくると、「これはいったいどこにある店？　ほんとの店名はなんだろう？」と気になって、作品に書かれていることを手がかりに検索したりします。それに、出版業界に知り合いは多いですから、編集者が出てくると、べつに色恋の話でなくとも、「どこの社の、だれさんだろう？」と思ったりします。

そこで、この「あとがき」では、書く側としての私の場合をお教えいたします。「これはありそうだ。ここは事実だろう」という、いかにも自然な場面が、けっこう創作で、「こんなことあるわけが。いくらなんでも創作だろう」という、都合よすぎたりびっくりするような場面が、事実そのままだったりします。『近所の犬』についても、ひとつひとつ事実と盛った部分をつまびらかにすることはできますが、そんなことをしても読み手のほうは退屈なだけでしょう。少なくとも「あとがき」では、せぬが花、です。ただし、人名や犬名猫名につきましては、飼い主さんのプライバシーにさしさわりがありますので、もちろんフィクションだと明かします。

●『近所の犬』はどんな話？

犬を猫可愛がりする話ではありません。

『近所の犬』というタイトルから、表紙のかわいいかわいい犬の写真から、ふとしたことで近所の人から子犬をもらって可愛がる話かと想像する人も、いるかもしれません。近所の人からかどうかはともかく、何かのきっかけで子犬をひきとることになり、その犬とのふれあいを「（エモーショナルな）愛と涙で綴った感動の愛犬記！　ロティ（犬の名）が死んじゃうところは泣けた〜！」みたいな内容を期待されるなら、そういう話ではありません。

犬はかわいいです。犬とともにした日々は、いつまでも私の胸に深く刻まれています。猫もかわいいです。猫とともにした日々は、いつまでも私の胸に深く刻まれています。ですから、愛犬記や愛猫記を読むのは大好きですし、犬や猫の出てくる小説や映画も大好きです。

けれど、犬を猫可愛がりしている話が苦手です。いや、ちょっと待て。じゃあ、猫の場合はどうなるのか？　猫を猫可愛がりではあたりまえだ。困ったな。よし、こうしよう。犬を赤ん坊可愛がりしている話、猫を赤ん坊可愛がりしている話が苦手です。

たまに（けっこう？）いませんか？　犬を犬として、猫を猫として可愛がるのではなく、犬を（猫を）人間の赤ちゃんのように取り扱っている人。接しているのではなく、取り扱っている人。『近所の犬』は、そういう人の期待にそえる話では、まったくありません。

近所の犬を見て歩く話です。通りすがりとして、犬を（ときには猫も）眺めている話です。接触もしますが、しょせんは通りすがりとしての接触です。侘《わび》しいといや侘しいですが、飼う大変さは負わずにいるのだから欲張ってはいけないよ。その上、ただの通りすがりは飼い主とは別の感慨深さをもらえます。「いろんな犬がいるなあ」という可笑《おか》しさ。そして、「いろんな飼い主がいるなあ」という可笑しさ。

「この飼い主にしてこの犬あり」

であることが99％です。そういう話です。

この作品は二〇一四年九月小社より刊行されたものです。

幻冬舎文庫

●好評既刊
昭和の犬
姫野カオルコ

昭和三十三年生まれの柏木イク。気難しい父親と、娘が犬に咬まれたのを笑う母親と暮らしたあの頃。理不尽な毎日。でも——傍らには時に猫が、いつも犬がいてくれた。第一五〇回直木賞受賞作。

●最新刊
キャロリング
有川 浩

クリスマスに倒産が決まった会社で働く俊介と、同僚で元恋人の柊子。二人を頼ってきた小学生の航平の願いを叶えるため奮闘する。逆境でもたらされる、ささやかな奇跡の連鎖を描く物語。

●最新刊
「小池劇場」の真実
有本 香

誤認だらけの豊洲移転問題、東京五輪の根拠のない見直し、人気とりだけのパフォーマンス。小池百合子都知事の「まやかし」と「罪」を気鋭のジャーナリストがファクトを積み上げて検証する。

●最新刊
1981年のスワンソング
五十嵐貴久

一九八一年にタイムスリップしてしまった俊介。レコード会社の女性ディレクターに頼まれ、売れないデュオに未来のヒット曲を提供すると大ヒットしてしまい……。掟破りの痛快エンタメ！

●最新刊
女盛りは腹立ち盛り
内館牧子

真剣に《怒る》ことを避けてしまったすべての大人たちへ、その怠慢と責任を問う、直球勝負の痛快エッセイ五十編。我ながらよく怒っていると著者本人も思わずたじろぐ、本音の言葉たち。

幻冬舎文庫

●最新刊
世界の半分を怒らせる
押井　守

「風立ちぬは宮さんのエロスの暴走」「エヴァンゲリオンは庵野のダダ漏れ私小説」など、アニメ界の巨匠・押井守が言いたい放題、吠えて吠えて、吠えまくる。危険度100％の爆弾エッセイ！

●最新刊
殺生伝〈三〉　封魔の鎚
神永　学

殺生石を砕く「封魔の鎚」を求め、那須岳へと旅を続ける一吾たち。だが那須岳の洞窟で一行を待ち受けていたのは、見たこともない異形の魔物たちだった。風雲急を告げる、王道エンタメ第三弾。

●最新刊
美智子皇后の真実
工藤美代子

堅実を家訓とする家に生まれ、聖心女子大で学んだ初の民間出身妃は何を支えに生きてこられたか。嫁・姑の確執を乗り越え、愛と献身を貫く、輝ける平成の皇后。その八十年余を追う本格評伝。

●最新刊
不倫純愛　一線越えの代償
新堂冬樹

夫への愛情を失った四十歳の香澄が、二十七歳のダンサーと出会う。隆起した胸筋やしなやかな指先――肉体に惹かれて一線を越えるも、夫の激しい抵抗に遭う……。エロス・ノワールの到達点！

●最新刊
猿島六人殺し　多田文治郎推理帖
鳴神響一

浦賀奉行所与力を務める学友の宮本甚五左衛門から孤島で起きた「面妖な殺し」の検分に同道を頼まれた多田文治郎。酸鼻を極める現場で彼が見たものとは……？　驚天動地の時代ミステリ！

幻冬舎文庫

●幻冬舎時代小説文庫
天野純希
サムライ・ダイアリー
鸚鵡籠中記異聞

元禄の世、尾張の御畳奉行・朝日文左衛門は、風俗、文化、世情などを事細かに記した日記『鸚鵡籠中記』を執筆した。しかし実はもうひとつ、私事を綴った「秘本」が残されていて——。

●幻冬舎時代小説文庫
小杉健治
遠山金四郎が奔る

北町奉行遠山景元、通称金四郎のもとに、火事の知らせが入った。火事場に駆けつけた金四郎だったが、ある男と遭遇して——。天下の名奉行の人情裁きが冴え渡る、好評シリーズ第二弾。

●幻冬舎時代小説文庫
千野隆司
出世侍(五)
雨垂れ石を穿つ

将軍御目見の旗本・香坂家へ婿入りし、新御番衆として、江戸城へ出仕する身分となった藤吉。ある日、狂馬が将軍の駕籠を襲う事件が起き——。出世侍、藤吉の真価が問われる、シリーズ最終巻。

●幻冬舎時代小説文庫
鳥羽亮
孫連れ侍裏稼業　上意

夜盗に狙われているという両替屋の用心棒を裏稼業として請け負った茂兵衛。その仕事は運命を左右する転機となった——。愛孫の仇討成就を願う老剣客の生きざまが熱い！　人気シリーズ第二弾。

●幻冬舎アウトロー文庫
草凪優
黄昏に君にまみれて

ベテランソープ嬢・聡子の白魚の指が、独居老人・善治郎の首筋、胸、腋窩、脇腹を、ヌルリ、ヌルリと這い回る。浅草で昼酒を嗜み、吉原で女体にまみれる、善治郎の「孤独のエロス」な日々。

近所《きんじょ》の犬《いぬ》

姫野《ひめの》カオルコ

平成29年12月10日　初版発行

発行人――石原正康
編集人――袖山満一子
発行所――株式会社幻冬舎
〒151-0051東京都渋谷区千駄ヶ谷4-9-7
電話　03(5411)6222(営業)
　　　03(5411)6211(編集)
振替00120-8-767643
印刷・製本―中央精版印刷株式会社
装丁者――高橋雅之

幻冬舎文庫

ISBN978-4-344-42680-1　C0193　ひ-20-2

幻冬舎ホームページアドレス　http://www.gentosha.co.jp/
この本に関するご意見・ご感想をメールでお寄せいただく場合は、
comment@gentosha.co.jpまで。